Agatha Christie®

CB082053

CAI O PANO
O ÚLTIMO CASO DE POIROT

Tradução de BRUNO ALEXANDER

www.lpm.com.br
L&PM POCKET

Coleção **L&PM** POCKET, vol. 1182

Texto de acordo com a nova ortografia.
Título original: *Curtain: Poirot's Last Case*

Primeira edição na Coleção **L&PM** POCKET: junho de 2015
Esta reimpressão: agosto de 2022

Tradução: Bruno Alexander
Capa: designedbydavid.co.uk © HarperCollins/Agatha Christie Ltd. 2008
Revisão: Lia Cremonese

CIP-Brasil. Catalogação na publicação
Sindicato Nacional dos Editores de Livros, RJ.

C479c

Christie, Agatha, 1890-1976
Cai o pano: o último caso de Poirot / Agatha Christie; tradução Bruno Alexander. – Porto Alegre, RS: L&PM, 2022.
224 p. ; 18 cm. (Coleção L&PM POCKET, v. 1182)

Tradução de: *Curtain: Poirot's Last Case*
ISBN 978-85-254-3250-6

1. Ficção inglesa. I. Alexander, Bruno. II. Título. III. Série.

15-21863 CDD: 823
CDU: 821.111-3

The Agatha Christie Roundel Copyright © 2013 Agatha Christie Limited. Used by permission. All rights reserved.
Curtain: Poirot's Last Case Copyright © 1975 Agatha Christie Limited. All rights reserved.
AGATHA CHRISTIE, POIROT and the Agatha Christie Signature are registered trade marks of Agatha Christie Limited in the UK and elsewhere. All rights reserved.
www.agathachristie.com

Todos os direitos desta edição reservados a L&PM Editores
Rua Comendador Coruja, 314, loja 9 – Floresta – 90220-180
Porto Alegre – RS – Brasil / Fone: 51.3225.5777

Pedidos & Depto. Comercial: vendas@lpm.com.br
Fale conosco: info@lpm.com.br
www.lpm.com.br

Impresso no Brasil
Inverno de 2022

Agatha Christie
(1890-1976)

AGATHA CHRISTIE é a autora mais publicada de todos os tempos, superada apenas por Shakespeare e pela Bíblia. Em uma carreira que durou mais de cinquenta anos, escreveu 66 romances de mistério, 163 contos, dezenove peças, uma série de poemas, dois livros autobiográficos, além de seis romances sob o pseudônimo de Mary Westmacott. Dois dos personagens que criou, o engenhoso detetive belga Hercule Poirot e a irrepreensível e implacável Miss Jane Marple, tornaram-se mundialmente famosos. Os livros da autora venderam mais de dois bilhões de exemplares em inglês, e sua obra foi traduzida para mais de cinquenta línguas. Grande parte da sua produção literária foi adaptada com sucesso para o teatro, o cinema e a tevê. *A ratoeira*, de sua autoria, é a peça que mais tempo ficou em cartaz, desde sua estreia, em Londres, em 1952. A autora colecionou diversos prêmios ainda em vida, e sua obra conquistou uma imensa legião de fãs. Ela é a única escritora de mistério a alcançar também fama internacional como dramaturga e foi a primeira pessoa a ser homenageada com o Grandmaster Award, em 1954, concedido pela prestigiosa associação Mystery Writers of America. Em 1971, recebeu o título de Dama da Ordem do Império Britânico.

Agatha Mary Clarissa Miller nasceu em 15 de setembro de 1890 em Torquay, Inglaterra. Seu pai, Frederick, era um americano extrovertido que trabalhava como corretor da Bolsa, e sua mãe, Clara, era uma inglesa tímida. Agatha, a caçula de três irmãos, estudou basicamente em casa, com tutores. Também teve aulas de canto e piano, mas devido ao temperamento introvertido não seguiu carreira artística. O pai de Agatha morreu quando ela tinha onze anos, o que a aproximou da mãe, com quem fez várias viagens. A paixão por conhecer o mundo acompanharia a escritora até o final da vida.

Em 1912, Agatha conheceu Archibald Christie, seu primeiro marido, um aviador. Eles se casaram na véspera do Natal de 1914 e tiveram uma única filha, Rosalind, em 1919. A carreira literária de Agatha – uma fã dos livros de suspense do escritor inglês Graham Greene – começou depois que sua irmã a desafiou a escrever um romance. Passaram-se alguns anos até que o primeiro livro da escritora fosse publicado. *O misterioso caso de Styles* (1920), escrito próximo ao fim da Primeira Guerra Mundial, teve uma boa acolhida da crítica. Nesse romance aconteceu a primeira aparição de Hercule Poirot, o detetive que estava destinado a se tornar o personagem mais popular da ficção policial desde Sherlock Holmes. Protagonista de 33 romances e mais de cinquenta contos da autora, o detetive belga foi o único personagem a ter o obituário publicado pelo *The New York Times*.

Em 1926, dois acontecimentos marcaram a vida de Agatha Christie: a sua mãe morreu, e Archie a deixou por outra mulher. É dessa época também um dos fatos mais nebulosos da biografia da autora: logo depois da separação, ela ficou desaparecida durante onze dias. Entre as hipóteses figuram um surto de amnésia, um choque nervoso e até uma grande jogada publicitária. Também em 1926, a autora escreveu sua obra-prima, *O assassinato de Roger Ackroyd*. Este foi seu primeiro livro a ser adaptado para o teatro – sob o nome *Álibi* – e a fazer um estrondoso sucesso nos teatros ingleses. Em 1927, Miss Marple estreou como personagem no conto "O Clube das Terças-Feiras".

Em uma de suas viagens ao Oriente Médio, Agatha conheceu o arqueólogo Max Mallowan, com quem se casou em 1930. A escritora passou a acompanhar o marido em expedições arqueológicas e nessas viagens colheu material para seus livros, muitas vezes ambientados em cenários exóticos. Após uma carreira de sucesso, Agatha Christie morreu em 12 de janeiro de 1976.

Sumário

Capítulo 1

I

Quem nunca sentiu um baque súbito no coração ao reviver uma antiga experiência ou sentir uma velha emoção?

"*Já passei por isso antes...*"

Foi a pergunta que me fiz sentado no trem observando a paisagem plana de Essex do lado de fora.

Há quanto tempo eu havia feito esta mesma viagem? E pensar que eu julgava (por mais ridículo que seja) que o melhor da vida já havia passado! Ferido naquela guerra que sempre seria *a* guerra dentro de mim – guerra agora obliterada por uma segunda guerra ainda mais desoladora.

Ao jovem Arthur Hastings de 1916 parecia que a maturidade já havia sido alcançada. Não conseguia perceber que a vida estava apenas começando.

Embora não soubesse, eu estava indo ao encontro do homem cuja influência viria a modificar e moldar toda a minha existência futura. Na verdade, o plano era passar uns dias com meu velho amigo John Cavendish, cuja mãe, recentemente casada em segundas núpcias, tinha uma casa de campo batizada de Styles. Um reencontro agradável com velhos conhecidos, pensava eu, sem imaginar que mergulharia nas tramas tenebrosas de um misterioso assassinato.

Foi em Styles que reencontrei aquele estranho homenzinho, Hercule Poirot. Havíamos nos conhecido na Bélgica.

Lembrava-me bem de meu assombro ao ver aquela figura claudicante de bigodes enormes vindo em minha direção na rua da aldeia.

Hercule Poirot! Desde os dias em que ele se tornou meu mais querido amigo, sua influência alterou toda a minha vida. Foi na companhia dele, na caça de mais um criminoso, que conheci minha mulher, a companheira mais doce e verdadeira que um homem poderia sonhar em ter.

Ela jaz agora em solo argentino. Morreu como desejara, sem grandes sofrimentos nem a debilidade da velhice. Mas deixou um homem muito sozinho e infeliz neste mundo.

Ah! Se eu pudesse voltar no tempo, viver tudo de novo. Se este pudesse ser aquele dia de 1916, em que viajei pela primeira vez a Styles... Quantas mudanças aconteceram desde então! Quantas ausências entre os rostos familiares! A própria casa Styles havia sido vendida pelos Cavendish. John Cavendish morrera, mas sua esposa, Mary (essa fascinante e enigmática criatura) ainda estava viva e morava em Devonshire. Laurence estava morando na África do Sul, com mulher e filhos. Mudanças – mudanças por toda parte.

Mas *uma* coisa, por mais estranho que possa parecer, não mudara. Eu estava indo a Styles encontrar Hercule Poirot.

Que surpresa quando recebi sua carta. No envelope, lia-se: Styles Court, Styles, Essex.

Não via meu querido amigo há quase um ano. Na última vez que nos encontramos, fiquei chocado e triste. Poirot estava muito mais velho, quase impossibilitado de andar por causa da artrite. Havia ido ao Egito na esperança de melhorar as condições de saúde, mas voltara pior do que antes, dizia na carta. Mesmo assim, escrevia com alegria...

II

Não o intriga, meu amigo, ver o endereço de onde lhe escrevo? Traz velhas lembranças, não? Sim, estou aqui em Styles. Imagine que isto é agora o que eles chamam de hospedaria. É dirigida por um dos vossos velhos coronéis britânicos – desses de gravata antiga, que fazem referências a Pune. A mulher dele, bien entendu, *é que faz o lugar funcionar. É boa administradora, mas um tanto peçonhenta, e o coitado do coronel acaba sofrendo nas mãos dela. Se fosse eu, já teria perdido a paciência!*

Vi o anúncio deles no jornal e fiquei com desejo de voltar ao local que foi meu primeiro lar neste país. Na minha idade, a pessoa tem prazer em reviver o passado. Bom. Encontrei um cavalheiro, um baronete amigo do patrão de sua filha. (Esta frase parece um pouco com um exercício de francês, não parece?)

Concebi imediatamente um plano. Ele quer convencer os Franklin a vir para cá no verão. Eu, pelo meu lado, desejo que você venha. Assim, ficaremos todos juntos, en famille, *o que é muito mais agradável. Portanto, meu caro Hastings,* dépêchez-vous, *apareça o quanto antes. Reservei-lhe um quarto com banheiro (nossa antiga Styles está modernizada agora, viu?) e negociei o preço com a sra. Luttrell até chegar a um acordo* très bon marché.

Os Franklin e sua encantadora Judith já estão aqui há alguns dias. Está tudo combinado. Por isso, nada de desculpas.

A bientôt,

Seu, sempre, Hercule Poirot

A proposta era bastante sedutora, e não hesitei em aceitá-la. Não tinha laços ou uma casa fixa. Dos meus filhos homens, um estava na Marinha e o outro, casado, administrava uma fazenda na Argentina. Minha filha Grace casou-se com um militar e estava agora na Índia. A única filha que me sobrou, Judith, era aquela a quem secretamente mais amava, embora nunca a tenha entendido. Uma menina discreta, reservada, a ponto de me aborrecer algumas vezes. Minha mulher era mais compreensiva. Afirmou-me que não se tratava de falta de confiança de Judith, mas de uma espécie de compulsão, que também a preocupava às vezes. Os sentimentos de Judith, dizia, eram intensos demais, concentrados demais, e sua reserva instintiva a privava de qualquer válvula de escape. Aqueles surtos de silêncio taciturno e uma inclinação, quase amargurada, à intolerância. Era a pessoa mais inteligente da família, e por isso apoiamos, com grande satisfação, seu desejo de fazer faculdade. Formou-se há cerca de um ano em química e foi trabalhar como secretária de um médico envolvido em pesquisas sobre doenças tropicais. A mulher dele era inválida.

Cheguei a recear que sua dedicação ao trabalho e ao patrão fosse um sinal de que ela havia se apaixonado por ele, mas a natureza profissional de seu relacionamento me tranquilizou.

Sempre acreditei que Judith gostava de mim, mas era incapaz de demonstrá-lo, tornando-se impaciente e até hostil em relação ao que considerava ideias sentimentais e ultrapassadas. Para ser sincero, minha filha me deixava um pouco nervoso!

Nesse momento, minhas divagações foram interrompidas pela chegada do trem à estação de Styles St. Mary. Isso, pelo menos, não tinha mudado, mesmo depois de tantos anos. A estação ainda estava lá, no meio do nada, sem razão aparente para existir.

Quando o táxi passou pela aldeia, contudo, reparei na passagem do tempo. Styles St. Mary estava quase irreconhecível, com postos de gasolina, um cinema, mais dois hotéis e uma série de moradias sociais.

Entrando em Styles, parecia que voltávamos aos tempos antigos. O parque estava praticamente igual, apesar da grama crescida e malcuidada tapando parte do caminho de cascalho. Viramos a esquina e avistamos a casa. Do lado externo, mostrava-se inalterada, embora precisasse de uma boa pintura.

Tal como sucedera anos atrás na minha chegada, vi um vulto feminino inclinado sobre um dos canteiros do jardim. Levei um susto. O vulto, então, endireitou-se e veio em minha direção. Ri por dentro. Não podia imaginar maior contraste entre a robusta Evelyn Howard de antigamente e a frágil senhora com que me deparava agora, de cabelos brancos encaracolados, bochechas rosadas e olhos azuis, muito frios e pálidos, discrepando daquela afabilidade, um pouco afetada demais para o meu gosto.

– O senhor deve ser o capitão Hastings, não? – disse ela. – E eu com a mão toda suja, sem poder cumprimentá-lo. É um prazer tê-lo conosco. Ouvimos muito a seu respeito. Mas não me apresentei. Sou a sra. Luttrell. Meu marido e eu compramos este lugar num momento de loucura e temos tentado tirar algum rendimento dele. Jamais pensei que poderia ser uma hoteleira! Mas garanto que sou uma mulher com muito jeito para os negócios. Guardo o máximo que posso de extras.

Rimos, como se ela tivesse dito uma ótima piada, mas ocorreu-me que as palavras da sra. Luttrell expressavam uma verdade literal. Por trás da aparência encantadora daquela velha senhora, percebi uma dureza pétrea.

Embora tivesse um certo sotaque irlandês, ela não era irlandesa. Era só afetação.

Perguntei-lhe pelo meu amigo.

– Ah, o sr. Poirot. Coitadinho. Como estava ansioso à sua espera! Uma cena capaz de amolecer um coração de pedra. Tenho pena dele, de vê-lo sofrendo como sofre.

Caminhávamos em direção à casa. Ela tirava as luvas de jardinagem.

– E a sua linda filha – continuou. – Que menina adorável. Todos a admiramos muito. Mas eu sou meio antiquada, sabe, e me parece uma pena, e até um pecado, que uma menina como essa, que deveria estar indo a bailes e dançando com rapazes, perca tempo debruçada sobre um microscópio. Deixe esse tipo de coisa para as desmazeladas.

– Onde está Judith? – perguntei. – Está por aqui perto?

A sra. Luttrell fez uma careta.

– Ah, coitadinha. Está enfurnada naquele estúdio no fundo do jardim. O dr. Franklin o aluga de mim. Transformou a sala num laboratório improvisado, com porquinhos-da-índia, coitadinhos, ratos e coelhos. Não gosto muito desse tipo de ciência, para falar a verdade. Ah, olha o meu marido aí.

O coronel Luttrell acabava de aparecer de trás da casa. Era um homem muito alto, de certa idade, com rosto cadavérico, olhos azuis tranquilos e o hábito de cofiar irresolutamente seu bigodinho branco.

Tinha uma expressão um pouco vaga e nervosa.

– George, o capitão Hastings acabou de chegar.

O coronel Luttrell apertou minha mão.

– Veio no trem das cinco e quarenta, não?

– Em que outro poderia ter vindo? – observou a sra. Luttrell com severidade. – E, aliás, o que importa? Leve-o lá para cima e mostre-lhe seu quarto, George. Talvez ele queira ver o sr. Poirot imediatamente. Ou prefere tomar um chá primeiro?

Respondi que não queria chá e que preferia encontrar logo o meu amigo.

– Certo – disse o coronel Luttrell. – Venha comigo. Espero que já tenham levado suas coisas lá para cima. Daisy?

A sra. Luttrell disse com aspereza:

– Isso é responsabilidade sua, George. Eu estava trabalhando no jardim. Não tenho como cuidar de tudo.

– É verdade. Vou resolver, minha querida.

Subi com ele as escadas da entrada e cruzamos com um sujeito de cabelo grisalho, magro, que saía apressadamente com um binóculo na mão, mancando. Exteriorizava uma animação quase infantil.

– Há um par de toutinegras formando ninho lá embaixo, perto do plátano – anunciou gaguejando um pouco.

Quando entramos no hall, Luttrell explicou:

– É o Norton. Boa gente. Louco por pássaros.

No hall, encontramos outro homem muito alto, parado ao lado da mesa. Tinha acabado de fazer uma ligação.

– Gostaria de poder enforcar, esquartejar e queimar todos os empreiteiros e mestres de obras. Nunca fazem nada direito. Malditos!

Sua fúria era tão cômica e deplorável que nós dois rimos. Senti-me logo atraído por aquele sujeito. Era um homem muito bonito, apesar de já ter passado bastante dos cinquenta anos, de rosto bem bronzeado. Dava a impressão de ter vivido sempre ao ar livre, lembrando esse tipo de indivíduo, cada vez mais raro, da velha escola inglesa, prático, amante da vida na natureza e capaz de comandar.

Fiquei surpreendido quando o coronel Luttrell me apresentou a ele como sendo sir William Boyd Carrington. Eu sabia que ele havia sido governador de uma província na Índia, onde tivera muito sucesso. Também era renomado por ser um grande atirador e caçador. O tipo de homem, refleti com tristeza, que já não existe mais nestes tempos degenerados.

– Ah, que alegria poder conhecer pessoalmente esse famoso personagem, *mon ami* Hastings – disse sorrindo. – Nosso querido belga fala muito do senhor, sabia? E sua filha, como já deve saber, está aqui. Uma moça muito gentil.

– Não creio que Judith fale muito de mim – comentei com bom humor.

– Não mesmo. É uma moça moderna. Essas meninas de hoje em dia parecem constrangidas de admitir que têm um pai e uma mãe.

– Os pais são praticamente uma desgraça – completei.

Ele riu.

– Bem, não sofro nesse sentido. Não tenho filhos, o que é muito pior. Sua filha é uma menina muito bonita, mas séria demais. Esquisito.

Pegou o telefone de novo.

– Espero que não se importe, Luttrell, se eu mandar sua central telefônica para o inferno. Não tenho paciência.

– Faz bem – disse Luttrell.

Começou a subir, e eu o segui. Conduziu-me pela ala esquerda da casa até uma porta no fim do corredor, e reparei que Poirot tinha escolhido para mim o quarto que eu ocupara antes.

Havia mudanças. Quando passamos pelo corredor, notei, pelas portas abertas, que os espaçosos quartos antigos tinham sido divididos em quartos menores.

Meu próprio quarto, que nunca tinha sido muito grande, estava praticamente inalterado, exceto pela instalação de água quente e fria e um banheiro. A mobília era dessas modernas, baratas, o que me decepcionou. Teria preferido um estilo que se adequasse melhor à arquitetura da casa.

Minha bagagem já estava lá. O coronel me explicou que o quarto de Poirot era exatamente em frente ao meu e já estava me levando para lá quando ouvimos um grito lá de baixo.

– *George*!

O coronel Luttrell estancou como um cavalo nervoso. Levou a mão à boca.

– Eu... Eu... Tem certeza de que está bem? Ligue se precisar de alguma coisa...

– *George*!

O coronel saiu correndo pelo corredor. Fiquei um tempo ainda olhando para ele. Depois, com o coração ligeiramente acelerado, fui bater na porta do quarto de Poirot.

Capítulo 2

Nada é tão triste, a meu ver, como a devastação causada pela idade.

Meu pobre amigo. Já o descrevi muitas vezes. Descrevo-o agora para mostrar a diferença. Incapacitado pela artrite, movimentava-se numa cadeira de rodas. Seu rosto, outrora rechonchudo, havia murchado. Poirot era um homenzinho macilento agora, de rosto enrugado e marcado pelo tempo. Seu bigode e o cabelo, é verdade, ainda preservavam o tom forte e lustroso, mas, sinceramente, embora eu jamais fosse dizer isso a ele para não magoá-lo, pintar o cabelo me parecia um erro. Chega um momento na vida em que fica óbvio que a pessoa pintou o cabelo e os pelos da barba ou do bigode. Numa determinada época, eu teria ficado bastante surpreso em saber que a cor negra do cabelo de Poirot vinha de um frasco de tinta. Mas agora a teatralidade era por demais aparente, criando a impressão de que ele estava de peruca e havia enfeitado o lábio superior para divertir as crianças!

Apenas seus olhos eram os mesmos de sempre, argutos e cintilantes, e agora – sim, sem dúvida – ternos de emoção.

– Ah, *mon ami* Hastings... *mon ami* Hastings...

Curvei a cabeça, e, como era de costume, ele me abraçou calorosamente.

– *Mon ami* Hastings!

Recostou-se, inspecionando-me com a cabeça inclinada para o lado.

– O mesmo de sempre. A coluna reta, os ombros largos, o cabelo grisalho... *très distingué.* Sabe, meu amigo, que você resistiu bem ao tempo? *Les femmes* ainda manifestam interesse por você?

– Francamente, Poirot – protestei. – Precisa...?

– Mas lhe garanto, meu amigo, é um teste. É um teste. Quando as mocinhas vêm com aquela conversa doce, tão doce... já era! "Coitado", devem pensar. "Precisamos ser simpáticas com esse velhinho. Deve ser horrível chegar a este estado". Mas você, Hastings... *vous êtes encore jeune.* Para você ainda existem possibilidades. É como lhe digo: ajeite esse bigode, endireite os ombros. Você não pareceria tão tímido.

Soltei uma risada.

– Você não tem jeito mesmo, Poirot. Como vai?

– Eu? – perguntou Poirot com uma careta. – Estou acabado. Não consigo andar. Estou coxo e trêmulo. Graças a Deus, ainda consigo me alimentar sozinho, mas, no resto, preciso ser tratado como um bebê. Posto na cama, lavado e vestido. *Enfin*, não é nada divertido. Felizmente, mesmo com a decadência exterior, o centro permanece forte.

– É verdade. O melhor coração do mundo.

– Coração? Talvez. Não me referia ao coração. O cérebro, *mon cher*, é o que chamo de centro. Meu cérebro ainda funciona perfeitamente.

Pelo menos pude verificar claramente que não sofrera nenhuma deterioração cerebral no tocante à modéstia.

– E gosta de estar aqui? – perguntei.

Poirot encolheu os ombros.

– Para mim é suficiente. Não é um Ritz. Não mesmo. O primeiro quarto que me deram quando vim para cá era pequeno e mal mobiliado. Mudei-me para este, sem acréscimo de tarifa. Em relação à comida, estamos falando da culinária inglesa em seu pior estilo. As couves-de-bruxelas enormes e duras que os ingleses adoram. As batatas praticamente cruas ou cozidas demais. As verduras com gosto de água, e só de água mesmo. E tudo sem nenhum sal ou pimenta.

– Parece horrível! – exclamei.

– Não posso reclamar – emendou Poirot, continuando a reclamar. – Mas essa chamada modernização... os banheiros, cheios de torneiras, e o que sai delas? Água morna, *mon ami*, na maior parte do dia. E as toalhas, tão finas e pequenas!

– Realmente, há muito o que dizer acerca dos tempos antigos – observei ponderadamente. Lembrei-me das nuvens de vapor que saíam da torneira quente de um dos banheiros originais de Styles, um desses banheiros com uma enorme banheira de mogno no centro. Lembrei-me, também, das imensas toalhas de banho e das vasilhas de água fervente que ficavam nas antigas pias.

– Mas não devemos reclamar – repetiu Poirot. – Fico feliz de sofrer... se for por uma boa causa.

Fui assaltado por um pensamento.

– Poirot, você não está passando por dificuldades financeiras, certo? Sei que a guerra prejudicou bastante os investimentos...

– Não, não, meu amigo – Poirot tranquilizou-me rapidamente. – Estou em circunstâncias bastante favoráveis. Aliás, sou rico. Não é a economia que me trouxe para cá.

– Ainda bem – falei. – Acho que entendo o que você sente. À medida que avançamos, mais necessidade temos de voltar ao passado, tentando recapturar velhas emoções. Estar aqui, para mim, é doloroso em certo sentido, e, no entanto, este lugar me traz centenas de antigos pensamentos e emoções que eu tinha esquecido. Atrevo-me a dizer que você sente o mesmo.

– De maneira alguma. Não sinto nada disso.

– Foram dias maravilhosos – murmurei com certa tristeza.

– Fale por você, Hastings. No meu caso, minha chegada em Styles St. Mary na época não teve nada de alegre. Eu era um refugiado, ferido, exilado da pátria, sobrevivendo de caridade numa nação estrangeira. Foi muito difícil. Não sabia, àquela altura, que a Inglaterra viria a se tornar minha segunda pátria e que eu encontraria a felicidade aqui.

– Tinha me esquecido disso – admiti.

– Exatamente. Você sempre atribui aos outros seus sentimentos. Se Hastings estava feliz, todo mundo estava feliz!

– Não é bem assim – protestei, rindo.

– De qualquer maneira, não é verdade – continuou Poirot. – Quando você olha para trás, você diz, com lágrimas nos olhos: "Oh, os dias felizes. Eu era tão jovem". Mas, na verdade, meu amigo, você não era tão feliz como imagina. Você foi gravemente ferido, estava sofrendo por ter sido afastado do serviço, deprimido pela permanência numa casa de repouso para lá de sombria e, até onde me lembro, ainda teve a história complicada de se apaixonar por duas mulheres ao mesmo tempo.

Ri, sem graça.

– Que memória você tem, Poirot.

– Pois é. Lembro-me de seus suspiros melancólicos, murmurando fatuidades sobre duas mulheres encantadoras.

– E lembra do que você me falou? Você disse: "E nenhuma das duas é para você! Mas coragem, *mon ami*. Podemos caçar juntos novamente e aí, talvez...".

Parei. Porque Poirot e eu havíamos realmente ido caçar na França, e foi lá que conheci *a* mulher...

Meu amigo me deu um tapinha nas costas.

– Eu sei, Hastings, eu sei. A ferida ainda está aberta. Mas não adianta ficar preso a isso. Não olhe para trás. Olhe para a frente.

Fiz um gesto de desgosto.

– Para a frente? O que há à frente para ser visto?

– *Eh bien*, meu amigo, temos trabalho a fazer.

– Trabalho? Onde?

– Aqui.

Fiquei olhando para ele.

– Você acabou de me perguntar – disse Poirot – por que eu tinha vindo para cá. Não deve ter percebido que não respondi. Responderei agora. Ando à caça de um assassino.

Fitei-o com mais espanto ainda. Por um momento, achei que ele estivesse divagando.

– Está falando sério?

– Claro. Por que acha que insisti para que viesse? Minhas pernas já não funcionam direito, mas meu cérebro, como lhe falei, está em perfeito estado. Meu sistema sempre foi o mesmo: sentar e pensar. Isso ainda consigo fazer. Aliás, é a única coisa que consigo fazer. Para a parte mais ativa do processo, preciso do meu inestimável Hastings.

– Está falando sério? – indaguei.

– Claro que estou. Você e eu, Hastings, *vamos voltar a caçar.*

Precisei de alguns minutos para me convencer de que Poirot não estava brincando.

Por mais fantasiosa que parecesse a proposta, não tinha motivo para duvidar de sua palavra.

– Vejo que, finalmente, você acredita – disse ele com um sorrisinho. – No início, achou que eu não estava batendo bem, não é?

– De jeito nenhum – respondi logo. – Só este lugar, não me parece muito apropriado.

– É mesmo?

– Se bem que ainda não vi todas as pessoas...

– Quem você viu?

– Só os Luttrell, um homem chamado Norton, que parece um sujeito inofensivo, e Boyd Carrington. Confesso que me agradou bastante.

Poirot assentiu com a cabeça.

– Bem, Hastings. Vou lhe dizer uma coisa. Depois que você conhecer o resto das pessoas desta casa, minha declaração lhe parecerá tão improvável quanto agora.

– Quem mais está aqui?

– Os Franklin (o médico e a esposa), a enfermeira que cuida da sra. Franklin, sua filha Judith. Há também um homem chamado Allerton, um tipo galanteador, e uma tal de srta. Cole, que deve ter uns trinta e poucos anos. São todos pessoas maravilhosas.

– E um deles é o assassino?

– E um deles é o assassino.

– Mas por quê? Como? Por que você acha...?

Tive dificuldade de formular a pergunta.

– Calma, Hastings. Vamos começar do início. Pegue, por favor, aquela caixinha que está na escrivaninha. *Bien.* Agora a chave...

Abrindo o fecho, tirou da caixa um bloco de papéis datilografados e recortes de jornais.

– Pode estudar este material à vontade, Hastings. Por enquanto, não o importunarei com os artigos jornalísticos. São apenas relatos da imprensa de diversas tragédias, alguns imprecisos, alguns sugestivos. Para ter uma visão melhor dos casos, sugiro que você leia este resumo que preparei.

Profundamente interessado, comecei a ler.

Caso A. Etherington

Leonard Etherington. Hábitos desagradáveis: consumia drogas e também bebia. Uma figura peculiar e sádica. Esposa jovem e atraente. Desesperadamente infeliz com ele. Etherington morreu, aparentemente por intoxicação alimentar. O médico não ficou satisfeito. Exigiu uma autópsia, em que se verificou que a morte foi causada por envenenamento com arsênico. Foi encontrado herbicida na casa, adquirido, porém, muito tempo antes. A sra. Etherington foi presa e acusada de assassinato. Recentemente, estabelecera relações de amizade com um homem do serviço público, que voltava para a Índia. Não há indício de infidelidade consumada, mas comprovou-se a profunda afinidade que se desenvolveu entre ambos. O jovem ficou noivo de uma menina que conheceu na viagem de retorno. Prevaleceu certa dúvida quanto à data de recebimento, por parte da sra. Etherington, da carta que lhe anunciava o noivado, se foi antes ou depois da morte do marido. Ela afirmou que foi antes. As provas contra ela eram apenas circunstanciais: ausência de outro suspeito e grande improbabilidade de acidente. O temperamento do marido e os maus-tratos sofridos pela viúva influenciaram na simpatia dos presentes ao tribunal. O juiz resolveu absolvê-la, por falta de provas contundentes.

A sra. Etherington foi solta. A opinião pública, contudo, era de que ela era culpada. Sua vida tornou-se muito difícil devido à indiferença de amigos e conhecidos. Ela morreu em decorrência da ingestão de uma dose excessiva de comprimidos para dormir, dois anos após o julgamento. Veredito do inquérito: morte acidental.

Caso B. Srta. Sharples

Solteirona idosa. Inválida. Dificuldade. Muita dor. Era cuidada pela sobrinha, Freda Clay. A srta. Sharples morreu em decorrência de uma dose excessiva de morfina. Freda Clay admitiu o erro, alegando que a tia sofria tanto que ela não aguentou e lhe deu mais morfina para aliviar a dor. A polícia considerou o ato deliberado, não um erro, mas não tinha provas suficientes para incriminá-la.

Caso C. Edward Riggs

Trabalhador agrícola. Suspeitava que a mulher o traía com o inquilino, Ben Craig. Craig e a sra. Riggs foram encontrados mortos a tiro pela arma de Riggs. Riggs entregou-se à polícia, declarando que devia ter cometido o crime, mas que não se lembrava. Sua memória tinha se apagado, afirmou. Riggs foi condenado à morte, sentença comutada posteriormente por prisão perpétua, com trabalho forçado.

Caso D. Derek Bradley

Envolvera-se numa aventura amorosa com uma menina. A esposa descobriu a traição e ameaçou-o de morte. Bradley morreu em virtude de cianeto de potássio ministrado em sua cerveja. A sra. Bradley foi presa e acusada de assassinato. Fraquejou durante interrogatório rigoroso. Foi condenada e enforcada.

Caso E. Matthew Litchfield

Déspota idoso. Quatro filhas em casa, sem qualquer diversão ou dinheiro para gastar. Uma noite, ao voltar para casa, ele foi atacado do lado de fora e morto com uma pancada na cabeça. Mais tarde, após investigação policial, a filha mais velha, Margaret, apresentou-se na delegacia e confessou ser a autora do crime. Declarou ter assassinado o pai para que as irmãs mais novas pudessem viver a vida, antes que fosse tarde demais. Litchfield deixou uma grande fortuna. Margaret Litchfield foi considerada demente e internada em Broadmoor, mas morreu pouco tempo depois.

Li atentamente, cada vez mais perplexo. No fim, larguei o papel e fiquei olhando com curiosidade para Poirot.

– E, *mon ami*?

– Lembro-me do caso Bradley – falei devagar. – Li as notícias na época. Ela era uma mulher muito bonita.

Poirot concordou.

– Mas você precisa me explicar. Por que tudo isso?

– Diga-me primeiro o que lhe parece.

Eu não sabia o que dizer.

– Você me deu um resumo de cinco casos de assassinato diferentes. Cada um ocorreu num lugar diferente e numa classe social também diferente. Além disso, não parece haver nenhuma semelhança entre eles. Podemos discernir um caso de ciúme; um caso de uma mulher infeliz querendo se livrar do marido; um caso de homicídio por dinheiro; um caso, digamos, sem motivação pessoal, já que o assassino não tentou escapar da condenação e um quinto caso, de um crime bastante brutal, provavelmente cometido sob influência do álcool. – Fiz uma pausa e manifestei minha dúvida: – Existe alguma coisa em comum nesses crimes que eu não percebi?

– Não, não. Você foi bastante preciso em seu resumo. O único ponto que você poderia ter mencionado, mas não mencionou, foi o fato de que em nenhum desses casos havia realmente *dúvida*.

– Não entendo.

– A sra. Etherington, por exemplo, foi absolvida. Mas, apesar disso, todo mundo tinha certeza de que ela era culpada. Freda Clay não foi acusada abertamente, mas ninguém pensou em outra solução para o crime. Riggs declarou que não se lembrava de ter matado a mulher e o amante, mas nunca se investigou a possibilidade de outro suspeito. Margaret Litchfield confessou. Em todos os casos, Hastings, havia apenas um único suspeito. Só um.

– É verdade – falei, franzindo a testa. – Mas não vejo como inferir algo disso.

– Ah, mas estou chegando a um ponto que você não considerou ainda. Suponha, Hastings, que em cada um desses casos que desenterrei tenha havido um elemento desconhecido, comum a todos eles.

– Como assim?

Poirot explicou lentamente:

– Pretendo ser muito cuidadoso com o que digo, Hastings. Deixe-me apresentar o assunto desta maneira. Há uma certa pessoa, X, aparentemente alheia aos cinco casos, sem nenhum motivo para dar cabo da vítima. Num dos casos, como tive oportunidade de verificar, X encontrava-se a mais de trezentos quilômetros de distância do local onde o crime foi cometido. No entanto, posso afirmar o seguinte: X tinha relações íntimas com Etherington, X viveu um tempo na mesma aldeia que Riggs, X conhecia a sra. Bradley, tenho uma foto de X e Freda Clay caminhando juntos pela rua e X estava perto da casa onde o velho Matthew Litchfield morreu. O que me diz?

Fitei-o.

– Sim, é muita coincidência – considerei, lentamente. – Em dois ou três casos, tudo bem, mas cinco! Por mais improvável que possa parecer, deve existir alguma ligação entre os diferentes crimes.

– Presume o que presumi, então?

– Que X é o assassino? Sim.

– Nesse caso, Hastings, podemos dar mais um passo. Deixe-me só aclarar uma coisa: *X está nesta casa.*

– Aqui em Styles?

– Exato. Que conclusão lógica podemos tirar desse fato?

Já sabia o que viria e disse:

– Diga lá!

Hercule Poirot disse gravemente:

– Em breve será cometido um assassinato... *aqui.*

Capítulo 3

Por um momento, fiquei olhando para Poirot, perplexo, mas logo reagi.

– Não será não. Você o impedirá.

Poirot olhou-me com carinho.

– Meu fiel amigo, aprecio deveras sua confiança. *Tout de même*, não sei se ela se justifica neste caso.

– Bobagem. É claro que você pode impedir.

– Reflita um minuto, Hastings – disse Poirot com a voz grave. – A pessoa pode prender um assassino, sim. Mas como impedir um assassinato?

– Ora, você... você pode... quer dizer, se já souber com antecedência...

Parei sem saber o que dizer, porque, de repente, percebi a dificuldade.

– Está vendo? Não é tão simples. Na realidade, há somente três métodos. O primeiro é avisar a vítima, colocando-a em guarda. Isso nem sempre dá certo, porque é dificílimo convencer algumas pessoas de que elas estão em perigo, ainda mais se o perigo estiver relacionado a alguém próximo. Elas ficam indignadas e recusam-se a acreditar. O segundo método é avisar o assassino. Dizer, de maneira velada: "*Sei das suas intenções*. Se fulano morrer, meu caro, *você* certamente será enforcado". Esse método é mais eficiente do que o anterior, mas é igualmente falível. Porque um assassino, meu amigo, é um dos seres mais orgulhosos e arrogantes do planeta. Considera-se mais inteligente do que todo mundo. Ninguém jamais suspeitará dele. A polícia ficará perdida etc. Por isso, ele segue em frente de qualquer maneira, e tudo que nos resta é a satisfação de vê-lo enforcado. – Poirot fez uma pausa e depois disse pensativo: – Duas vezes tive a oportunidade de avisar um assassino: uma no Egito, outra em outro lugar. Em ambos os casos, o assassino estava determinado a matar... O mesmo pode acontecer aqui.

– Você disse que havia um terceiro método – lembrei.

– Ah, sim. Para esse, precisamos de criatividade. Temos de adivinhar exatamente como e quando a bomba explodirá e estarmos prontos para intervir no momento psicológico preciso. Devemos pegar o assassino, se não em flagrante, pelo menos a ponto de ser considerado culpado. E isso, meu amigo – continuou Poirot –, é uma tarefa muito difícil e delicada, cujo sucesso não está garantido. Posso ser confiante, mas não a esse ponto.

– Que método você propõe que utilizemos aqui?

– Possivelmente os três. O primeiro é o mais difícil.

– Por quê? Achei que fosse o mais fácil.

– Sim, se soubéssemos quem é a vítima. Mas não reparou, Hastings, que não sei quem pode ser?

– O quê?! – exclamei sem pensar.

Nesse momento, comecei a avaliar a dificuldade da situação. Devia haver algum elo entre os cinco crimes, mas não sabíamos que elo era esse. Desconhecíamos o tão importante motivo. Sem isso, não tínhamos como saber quem estava sob ameaça.

Poirot anteviu, pela minha expressão, que eu já divisara a complexidade da situação.

– Está vendo, meu amigo? Não é fácil.

– Não mesmo – concordei. – Até agora você não conseguiu descobrir nenhuma ligação entre os cincos assassinatos?

– Nada – respondeu Poirot, sacudindo a cabeça.

Parei para refletir novamente. Nos crimes do ABC, deparamo-nos com o que parecia ser uma questão de ordem alfabética, mas que acabou se revelando algo totalmente diferente. Perguntei:

– Tem certeza de que não há nenhum motivo financeiro, nada, por exemplo, como o que descobriu no caso de Evelyn Carlisle?

– Não. Pode estar certo, meu caro Hastings, de que ganho financeiro é a primeira coisa em que penso.

Era verdade. Poirot sempre foi completamente meticuloso em relação a dinheiro.

Continuei pensando. Algum tipo de vingança? Parecia mais de acordo com os fatos. Mas, mesmo assim, faltava uma ligação. Lembrei-me de uma história que li, de uma série de assassinatos sem motivo. A única pista era que todas as vítimas tinham participado de um júri, e os crimes foram cometidos por um homem que elas condenaram. Supus que estivéssemos diante de algo do gênero. Confesso que decidi não expor essa ideia. Seria um orgulho se pudesse chegar a Poirot com a solução. Resolvi perguntar outra coisa:

– Mas quem é X?

Para meu desgosto, Poirot sacudiu a cabeça de maneira peremptória.

– Isso, meu amigo, eu não digo.

– Besteira. Por que não?

Os olhos de Poirot cintilavam.

– Porque, *mon cher*, você ainda é o mesmo velho Hastings, cujo rosto diz tudo. Não quero que você, diante de X, vá pensar: "Esta pessoa na minha frente é um assassino", porque sua expressão o entregaria.

– Devia ao menos me dar o crédito de um certo jeito para a dissimulação quando é necessário.

– Quando você tenta dissimular, é pior. Não, *mon ami*, precisamos ser muito sigilosos, tanto eu quanto você. Quando chegar a hora, damos o bote.

– Você é um sujeito obstinado mesmo! – exclamei. – Tenho uma boa mente para...

Calei-me quando bateram na porta.

– Pode entrar – gritou Poirot.

E minha filha Judith entrou.

Gostaria de descrevê-la, mas sempre fui péssimo em descrições.

Judith é alta, altiva, tem sobrancelhas castanhas e arqueadas, um perfil muito bonito, severo em sua austeridade. Tem um ar grave e ligeiramente insolente, como se pendesse sobre ela a sugestão de uma tragédia.

Judith não veio me dar um beijo. Ela não é desse tipo de filha. Só sorriu para mim e disse:

– Oi, pai.

Seu sorriso exprimia timidez e um certo constrangimento, mas senti, apesar da falta de exteriorização, que ela estava feliz em me ver.

– Bem – falei, sentindo-me ridículo, como costumava me sentir com a geração mais nova –, cheguei.

– Muito inteligente de sua parte – disse Judith.

– Falei para ele sobre a comida – comentou Poirot.

– É muito ruim? – perguntou Judith.

– Você não deveria perguntar isso, minha querida. Não é verdade que você só pensa em tubos de ensaio e microscópios? Seu dedo médio está manchado de azul de metileno. Não é bom para seu marido se você não se interessa pelo estômago dele.

– Atrevo-me a dizer que não pretendo ter marido.

– Com certeza você terá marido. Para que o *bon Dieu* a criou?

– Para muitas coisas, espero – disse Judith.

– *Le mariage*, acima de tudo.

– Muito bem – concordou ela. – O senhor me encontra um bom marido, e eu cuidarei do estômago dele direitinho.

– Ela ri de mim – disse Poirot. – Um dia saberá como os velhos são sábios.

Escutamos outra batida na porta. Era o dr. Franklin. O dr. Franklin era um homem alto, de uns trinta e cinco anos, queixo proeminente, cabelo ruivo e olhos azul-claros. Era o sujeito mais desajeitado que eu já vi. Estava sempre esbarrando nas coisas.

Esbarrou na cadeira de Poirot e, virando um pouco a cabeça, murmurou "perdão", de modo automático.

Senti vontade de rir, mas Judith, percebi, permanecia séria. Acho que já estava acostumada com esse tipo de coisa.

– Você se lembra do meu pai? – perguntou Judith.

O dr. Franklin parou, assustado, apertou os olhos olhando para mim, nervoso. Depois, esticou o braço e disse, sem jeito:

– Claro, claro, como vai? Soube que vinha. – Virou-se para Judith: – Você acha que precisamos nos trocar? Se não, podemos continuar um pouco depois do jantar. Se conseguirmos preparar mais algumas daquelas lâminas...

– Não – interrompeu Judith. – Quero conversar com meu pai.

– Ah, sim, claro. – De repente, ele abriu um sorriso de desculpas, meio infantil. – Perdão. Me envolvo demais com as coisas. É imperdoável. Que egoísta que eu sou. Perdoe-me.

O relógio soou, e Franklin olhou para ele, alarmado.

– Meu Deus! Já é tão tarde? Estou ferrado. Prometi à Barbara que leria para ela antes do jantar.

Sorriu meio sem graça e saiu correndo, não sem antes esbarrar na porta.

– Como está a sra. Franklin? – perguntei.

– Na mesma – respondeu Judith.

– Tão triste ser inválida assim – comentei.

– É terrível para um médico – observou Judith. – Os médicos gostam de pessoas saudáveis.

– Como vocês jovens são cruéis! – exclamei.

Judith retorquiu friamente:

– É apenas um fato.

– E no entanto – interveio Poirot –, o dr. Franklin foi correndo ler para ela.

– À toa – disse Judith. – Aquela enfermeira dela pode ler perfeitamente se quiser. No meu caso, detestaria que alguém lesse para *mim*.

– Bom, cada pessoa tem um gosto – falei.

– Ela é uma mulher ignorante – arrematou Judith.

– Nesse ponto, *mon enfant* – disse Poirot –, não concordo com você.

– Não lê nada além de romances baratos. Não tem o menor interesse pelo trabalho do marido. Não sabe de nada do que está acontecendo no mundo. Só fala de sua saúde, para quem tem paciência de aturá-la.

– Mantenho a opinião – insistiu Poirot – de que ela usa suas células cinzentas de modo que você, meu anjo, nem imagina.

– É uma mulher muito feminina – disse Judith. – Cheia de frescura para falar. Imagino que o senhor goste desse tipo, tio Poirot.

– De jeito nenhum – esclareci. – Ele gosta das mulheres grandes, extravagantes. Russas, de preferência.

– Então é assim que você me entrega, Hastings? Seu pai, Judith, sempre teve uma queda por cabelos castanhos. Já arrumou encrenca por causa disso mais de uma vez.

Judith sorriu-nos indulgentemente.

– Vocês formam uma dupla engraçada.

Virou as costas e saiu.

– Preciso desfazer as malas e tomar um banho antes do jantar.

Poirot tocou uma sineta que estava ao alcance da mão, e, um ou dois minutos depois, apareceu seu criado pessoal.

– Ué, cadê o George?

O criado George acompanhara Poirot por muitos anos.

– George voltou para junto da família. O pai dele está doente. Espero que volte algum dia. Enquanto isso... – sorriu para o novo criado – Curtiss cuida de mim.

Curtiss sorriu de volta, demonstrando respeito. Era um tipo enorme, de expressão bovina e estúpida.

Quando passei pela porta, reparei que Poirot guardava cuidadosamente a caixa com os papéis que me mostrara.

Com a mente cheia de pensamentos, atravessei o corredor em direção a meu próprio quarto.

Capítulo 4

Desci para jantar naquela noite sentindo que a vida se tornara subitamente irreal.

Uma ou duas vezes, enquanto me vestia, cheguei a me perguntar se Poirot não teria inventado aquela história toda. Afinal de contas, meu querido parceiro *era* agora um velho tristemente alquebrado pela doença. Ele afirmava que seu cérebro estava melhor do que nunca, mas será que estava mesmo? Passara a vida inteira desvendando crimes. Seria realmente de se espantar que, no seu termo, ele imaginasse crimes onde não existia crime algum? Sua imobilidade forçada deve tê-lo afetado bastante. Muito provável que ele tivesse inventado para si mesmo mais uma caçada humana. Pensamento baseado no desejo: uma neurose perfeitamente razoável. Havia selecionado algumas notícias e lido algo que não estava escrito em lugar nenhum, encontrando uma figura indistinta por trás das palavras, um assassino inescrupuloso e brutal. Provavelmente, a sra. Etherington matara o marido, o lavrador atirara na esposa, a moça exagerara na morfina para a tia, a mulher com ciúmes acabara com a vida do marido como vinha ameaçando, e a solteirona louca cometera o assassinato pelo qual se entregara depois. Os crimes realmente tinham acontecido, como havia sido noticiado.

Contra esse ponto de vista (e repudiando o bom senso), só podia me basear na perspicácia de Poirot.

Poirot afirmava que um assassinato tinha sido planejado. Pela segunda vez, Styles seria o cenário de um crime.

Só o tempo provaria se ele estava certo ou não, mas, por via das dúvidas, deveríamos tentar impedir qualquer tragédia.

E Poirot conhecia a identidade do criminoso. Eu não.

Quanto mais eu pensava nisso, mais irritado ficava! Uma impertinência da parte dele. Ele queria minha ajuda, mas não me tinha como confidente.

Por quê? Ele deu um motivo, que me pareceu bastante descabido. Eu estava cansado de ouvir falar de minha "expressão que entrega tudo". Eu sabia guardar segredo como todo mundo. Poirot sempre insistiu na crença humilhante de que sou transparente, e que qualquer pessoa consegue adivinhar o que se passa em minha mente. Ele bem que tenta amenizar a humilhação de vez em quando atribuindo essa transparência à minha pureza de caráter e honestidade, o que me aborrece ainda mais!

Evidentemente, refleti, se tudo aquilo não passava de uma quimera da imaginação de Poirot, sua reticência se justificava.

Eu não tinha chegado a nenhuma conclusão no momento em que a campainha soou e desci para jantar. Fui aberto, mas atento para ver se conseguia detectar o mítico X de Poirot.

Por enquanto, aceitaria como verdadeiro tudo o que Poirot havia exposto. *Havia* alguém entre nós que já cometera cinco crimes e se preparava para matar de novo. *Quem seria?*

Na sala de estar, antes do jantar, fui apresentado à srta. Cole e ao major Allerton. Ela era uma mulher alta, ainda formosa, de trinta e três, trinta e quatro anos. O major Allerton me desagradou logo de início. Era um tipo bem-apessoado, na faixa dos quarenta anos, de ombros largos, pele bronzeada, com desenvoltura para falar, recorrendo o tempo todo ao duplo sentido para se expressar. Tinha olheiras, resultantes de um estilo de vida desregrado. Muita farra, imaginei, jogatinas e bebedeira. O típico mulherengo.

Pelo que vi, o velho coronel Luttrell também não gostava muito dele, e Boyd Carrington o tratava de maneira bastante seca. O sucesso de Allerton era com as mulheres. A sra. Luttrell conversava com ele, encantada, enquanto ele a elogiava indolentemente e com uma impertinência nada oculta. Também me incomodou ver que Judith parecia apreciar sua companhia, mostrando-se mais extrovertida do que habitualmente ao conversar com ele. Os motivos pelos quais as mulheres mais encantadoras se interessam pelos tipos mais desagradáveis sempre foi um mistério para mim. Eu sabia, instintivamente, que Allerton era um patife, e nove entre dez homens concordariam comigo. Em contrapartida, nove em dez mulheres, ou mesmo as dez, se deixariam seduzir por ele.

Quando nos sentamos à mesa de jantar e os pratos com um líquido branco viscoso foram servidos, olhei em volta e estudei as possibilidades.

Se Poirot estivesse certo e seu cérebro ainda estivesse lúcido, um dos presentes era um perigoso assassino, e provavelmente um lunático também.

Poirot não disse, mas presumi que X fosse um homem. Qual desses homens poderia ser?

Certamente, não seria o coronel Luttrell, com suas indecisões e aspecto debilitado. Norton, o homem que eu tinha visto sair da casa com o binóculo? Improvável. Ele parecia ser um sujeito agradável, um tanto quanto ineficiente e sem vitalidade. É claro, refleti, que muitos assassinos eram homenzinhos insignificantes, impelidos ao crime justamente por isso, para se afirmarem. Eles se sentem ressentidos por serem ignorados. Norton podia ser um assassino desse tipo. Mas tinha a seu favor o amor pelos pássaros. Sempre acreditei que o amor pela natureza é um sinal de saúde no ser humano.

Boyd Carrington? Fora de cogitação. Um homem conhecido no mundo inteiro. Um esportista de classe, um hábil administrador, uma figura adorada mundialmente. Franklin também descartei. Sabia como Judith o respeitava e admirava.

O major Allerton. Concentrei-me nele. Um dos sujeitos mais detestáveis que já vi. O tipo de cara capaz de esfolar a própria avó. E tudo encoberto por uma simpatia superficial. Ele estava falando agora, contando a história de uma situação constrangedora que vivera e fazendo as pessoas rirem às suas custas.

Se Allerton fosse X, seus crimes teriam sido cometidos por algum interesse financeiro, supus.

Se bem que Poirot realmente não disse que X era um homem. Considerei a srta. Cole como possibilidade. Seus gestos eram impacientes e abruptos. Certamente uma mulher desequilibrada. Era bela, de uma beleza atormentada. Exteriormente, parecia normal. Ela, a sra. Luttrell e Judith eram as únicas mulheres na mesa de jantar. A sra. Franklin estava jantando no quarto, e a enfermeira que cuidava dela jantava depois de nós.

Após o jantar, permaneci um momento na sala de estar, junto à janela, olhando para o jardim e recordando a dia em que vi Cynthia Murdock, uma jovem de cabelos castanhos, correndo por aquele gramado. Como ela estava linda com aquela jardineira branca...

Perdido em pensamentos do passado, surpreendi-me quando senti Judith me dar o braço e me conduzir para o terraço.

– O que houve? – perguntou logo.

Fiquei admirado.

– O que houve? Como assim?

– Você estava tão misterioso durante o jantar. Por que ficou olhando para todo mundo?

Aquela pergunta me aborreceu. Não tinha percebido que deixara meus pensamentos transparecerem.

– Estava? Acho que estava pensando no passado. Vendo fantasmas, talvez.

– Claro. Você já veio aqui, não veio? Quando era jovem. Não existe uma história de que uma senhora foi assassinada aqui? Algo assim.

– Envenenada com estricnina.

– Como ela era? Legal?

Considerei a pergunta.

– Era uma senhora muito gentil – respondi lentamente. – Generosa. Doava bastante para instituições de caridade.

– Sei. *Esse* tipo de generosidade – disse Judith, em tom de desdém. Depois, fez uma pergunta curiosa: – E as pessoas estavam felizes aqui?

Não, não estavam felizes. Isso, pelo menos, eu sabia.

– Não – respondi devagar.

– Por que não?

– Porque se sentiam prisioneiras. A sra. Inglethorp tinha todo o dinheiro do mundo e o repartia em pequenas quantidades. Seus enteados não podiam ter vida própria.

Ouvi Judith respirar profundamente, apertando meu braço.

– Isso não se faz. Um abuso de poder. Não devia ser permitido. Pessoas velhas, doentes, não deveriam ter o poder de dominar a vida dos mais jovens e mais fortes. Mantê-los amarrados, sofrendo, desperdiçando tempo e energia, por puro egoísmo.

– A velha – objetei de maneira seca – não tinha um monopólio desse tipo.

– Já sei, pai, você acha que os jovens são egoístas. Talvez sejamos, mas é um egoísmo *limpo*. Pelo menos, só fazemos o que nós próprios desejamos. Não queremos que os outros façam o que queremos. Não queremos escravos.

– Não. Vocês só atropelam quem estiver no seu caminho.

Judith me beliscou no braço.

– Não seja tão crítico! Nunca atropelei ninguém. E você também nunca tentou controlar nossa vida. Somos muitos gratos por isso.

– Sinto dizer que bem que teria gostado – observei honestamente. – Foi sua mãe que insistiu para que os deixássemos livres para cometer seus próprios erros.

Judith me deu outro beliscão.

– Eu sei. Se fosse por você, você nos mimaria como uma galinha com seus pintinhos. Detesto isso. Não suportaria. Mas você há de concordar comigo na questão de a vida de algumas pessoas úteis ser sacrificada por outras inúteis?

– Sim, isso, acontece às vezes – admiti. – Mas não há motivo para medidas drásticas... As pessoas são livres para irem embora.

– Será?

Seu tom foi tão veemente que me espantou. Estava escuro demais para ver a expressão de seu rosto. Ela continuou, com a voz baixa e perturbada:

– Há tanta coisa a considerar: questões financeiras, senso de responsabilidade, relutância em magoar um ente querido... Todas essas coisas. E algumas pessoas são tão inescrupulosas... Elas sabem exatamente como jogar com todos esses sentimentos. Algumas pessoas... algumas pessoas são como *sanguessugas*!

– Minha querida Judith – exclamei, abismado com a fúria de suas palavras.

Ela parecer ter percebido que se excedera, porque começou a rir e largou meu braço.

– Acha que exagerei na intensidade? É que esse assunto me deixa possessa. Sei de um caso... Um velho grosso. E quando alguém teve coragem suficiente para cortar as amarras e libertar as pessoas que ela amava, chamaram-na de louca. Louca? É a atitude mais sã que alguém poderia ter tomado *e* a mais corajosa!

Uma terrível apreensão me invadiu por dentro. Onde, pouco tempo antes, eu tinha ouvido uma história como essa?

– Judith – falei, duramente. – De que caso você está falando?

– De ninguém que você conheça. Alguns amigos dos Franklin. O velho se chamava Litchfield. Era bastante rico e praticamente fazia as filhas passarem fome. Não as deixava ver ninguém, nem sair de casa. Era louco mesmo, mas não no sentido médico.

– E a filha mais velha o assassinou – completei.

– Ah, então você leu a respeito? Você o chamaria de assassinato. Mas não foi por motivo pessoal. Margaret Litchfield foi direto à polícia se entregar. Uma menina muito corajosa. Eu não teria tido essa coragem.

– A coragem de se entregar ou de cometer um assassinato?

– As duas coisas.

– Fico feliz de ouvir isso – eu disse, severamente. – E não gosto de ouvi-la falar que um assassinato se justifica em certos casos. – Fiz uma pausa e acrescentei: – O que o dr. Franklin acha?

– Acha que foi justo – respondeu Judith. – Pai, algumas pessoas *pedem* para serem assassinadas!

– Não admito que você fale dessa forma, Judith. Quem colocou essas ideias na sua cabeça?

– Ninguém.

– Bom, fique sabendo que tudo isso é um absurdo.

– Sei. Deixemos assim – fez uma pausa. – Vim para lhe dar uma mensagem da sra. Franklin. Ela gostaria de falar com você, se puder ir até o quarto dela.

– Será um prazer. Lamento que estivesse se sentindo tão mal que não pôde descer para jantar conosco.

– Ela está bem – informou Judith friamente. – Ela só gosta de criar confusão.

Os jovens realmente não se importam com nada!

Capítulo 5

Eu tinha encontrado a sra. Franklin somente uma vez na vida. Era uma mulher de mais ou menos trinta anos, do tipo que eu descreveria como *madona*. Grandes olhos castanhos, cabelo dividido no meio e um rosto comprido e amável. Era muito esbelta, e sua pele tinha uma fragilidade transparente.

A sra. Franklin estava deitada na cama, encostada em almofadas, vestindo uma camisola muito delicada, branca e azul-claro.

O dr. Franklin e Boyd Carrington tomavam café. A sra. Franklin recebeu-me estendendo a mão e sorrindo.

– Fico muito feliz que tenha vindo, capitão Hastings. Será muito bom para Judith. A coitadinha tem trabalhado demais.

– Ela parece estar bem com isso – retorqui, pegando sua pequena mão frágil.

Barbara Franklin suspirou.

– Sim, ela tem sorte. Como a invejo. Não acredito que ela saiba o que é se sentir doente. O que você acha, enfermeira? Ah! Deixe-me apresentá-la. Esta é a enfermeira Craven, que tem sido um anjo comigo. Não sei o que faria sem ela. Ela me trata como um bebê.

A enfermeira Craven era uma mulher alta, jovem e bela, com uma linda cor e uma formosa cabeça emoldurada por cabelos castanhos. Reparei em suas mãos, que eram longas e brancas, muito diferentes das mãos da maioria das enfermeiras. Era, de certo modo, uma menina taciturna, e às vezes não respondia, como foi o caso agora, em que se limitou a inclinar a cabeça.

– Mas realmente – continuou a sra. Franklin –, o John tem exigido bastante da sua filha. Praticamente um explorador. Você é um explorador, não é, John?

O marido estava de pé, olhando pela janela. Assobiava baixinho, chacoalhando algumas moedas soltas no bolso. Parou subitamente ao ouvir a esposa mencionar seu nome.

– O que foi, Barbara? – perguntou.

– Eu estava dizendo que você tem explorado a pobre Judith Hastings. Agora que o capitão Hastings está aqui, vamos nos unir para impedir esse abuso.

O senso de humor não era o forte do dr. Franklin, que pareceu ligeiramente preocupado.

– Avise-me se isso estiver acontecendo – disse ele para Judith.

– Eles estão de gozação – observou Judith. – Falando em trabalho, gostaria de lhe perguntar sobre aquela segunda lâmina, aquela que...

Ele virou-se para ela bruscamente e aproveitou a deixa:

– Sim, sim. Se não se importar, vamos ao laboratório. Gostaria de me certificar...

Ainda conversando, eles saíram do quarto juntos.

Barbara Franklin recostou-se nas almofadas e suspirou. A enfermeira Craven disse de repente, de um modo um tanto quanto displicente:

– A srta. Hastings é que é a exploradora.

A sra. Franklin soltou mais um suspiro.

– Sinto-me tão *inadequada*. Sei que deveria demonstrar mais interesse pelo trabalho do John, mas simplesmente não consigo. Atrevo-me a dizer que há algo de errado comigo, mas...

Foi interrompida por Boyd Carrington, que estava em frente à lareira.

– Besteira, Babs – comentou ele. – *Você está* certa. Não se preocupe.

– Mas, Bill, querido, eu não me preocupo. Sinto-me apenas desencorajada. É tudo tão *terrível*. Os porquinhos-da-índia, ratos e tudo aquilo. Argh! – exclamou, estremecendo. – Sei que é bobagem, mas sou boba mesmo. Só de pensar me dá náuseas. Gosto de penar em coisas belas e alegres, pássaros, flores, crianças brincando. *Você* sabe, Bill.

Ele se aproximou e segurou a mão que ela lhe estendeu, de maneira suplicante. O rosto dele, ao olhar para ela, estava mudado, com a afabilidade de um rosto feminino. Essa visão era, de certa forma, impressionante, pois Boyd Carrington era um tipo bastante másculo.

– Você não mudou muito desde os dezessete anos, Babs – disse ele. – Lembra-se daquela sua casa com jardim, a fonte para os pássaros, os cocos?

Virou-se para mim e disse:

– Barbara e eu somos antigos parceiros.

– Antigos parceiros! – protestou ela.

– Não estou negando que você é mais de quinze anos mais nova do que eu. Mas eu brincava com você como um bebê quando era jovem. Carregava-a nas costas. Um dia, cheguei em casa, e você tinha se tornado uma linda moça, na idade de sair para o mundo. E eu fiz a minha parte, levando-a para jogar golfe. Lembra?

– Ah, Bill, você acha que eu poderia esquecer?

Dirigindo-se a mim, Barbara explicou:

– Meus parentes viviam nesta parte do mundo. E Bill costumava nos visitar. Ficava com seu velho tio, sir Everard, em Knatton.

– Que mausoléu era aquele lugar. E continua sendo – disse Boyd Carrington. – Às vezes me desespero para tornar aquele ambiente habitável.

– Oh, Bill, pode ficar maravilhoso. Maravilhoso mesmo.

– Sim, Babs, mas o problema é que não tenho ideias. Banheiros e poltronas confortáveis... é tudo o que consigo pensar. O lugar precisa de uma mulher.

– Eu lhe disse que poderia ajudar. De verdade.

Sir William consultou a enfermeira Craven com o olhar.

– Se você estiver forte, poderia levá-la até lá. O que você acha, enfermeira?

– Claro, sir Williams. Acho que um passeio fará bem à sra. Franklin, se ela tiver o cuidado de não se cansar demais, evidentemente.

– Combinado, então – disse Boyd Carrington. – E agora, tenha uma boa noite de sono, para acordar bem amanhã.

Ambos desejamos boa noite para a sra. Franklin e saímos juntos. Quando descíamos as escadas, Boyd Carrington disse bruscamente:

– Você não imagina como ela era adorável aos dezessete anos. Eu estava em casa, vindo da Birmânia. Minha esposa faleceu lá. Não importa que lhe diga que me apaixonei por ela. Ela se casou com Franklin três ou quatro anos depois. Não creia que tem sido um casamento feliz. Estou convencido de que é isso que a deixa doente. O sujeito não a compreende, nem a valoriza. E ela é do tipo sensível. Acho que essa debilidade dela deve-se ao estresse. Quando ela sai de si mesma, se diverte, se distrai, é uma pessoa totalmente diferente. Mas aquele maldito médico só pensa em tubos de ensaio e culturas nativas da África Ocidental – bufou.

Julguei que pudesse haver algo de muito interessante no que ele dissera. Primeiro, surpreendeu-me que Boyd Carrington se sentisse atraído pela sra. Franklin, aquela criatura debilitada, de uma beleza frágil. Boyd Carrington tinha tanta vitalidade que achei que ele fosse se sentir impaciente com aquele tipo neurótico de inválida. No entanto, Barbara Franklin deve ter sido realmente encantadora na juventude, e para muitos homens, sobretudo os idealistas, como eu julgava que Boyd Carrington fosse, a primeira impressão é a que fica.

No andar de baixo, encontramos a sra. Luttrell, que nos propôs uma partida de bridge. Desculpei-me com o pretexto de que ia encontrar Poirot.

Meu amigo estava na cama. Curtiss andava de um lado para o outro arrumando as coisas, mas logo saiu, fechando a porta atrás de si.

– Maldição! – exclamei. – Você e seu hábito infernal de tirar mistérios da manga. Passei a noite toda tentando descobrir quem é X.

– Isso deve tê-lo distraído um pouco – observou meu amigo. – Ninguém comentou sobre sua distração? "O que está acontecendo com você?"

Não consegui evitar certo embaraço ao me lembrar das perguntas de Judith. Poirot percebeu. Reparei no sorriso malicioso que deu.

– E, até o momento, a que conclusões chegou? – perguntou.

– Você me confirma se eu estiver certo?

– Claro que não.

Aproximei-me para observar seu rosto de perto.

– Considerei Norton...

Poirot continuou impassível.

– Não que eu tenha algo em que me basear. Só que ele me pareceu mais suspeito do que o resto das pessoas.

É um sujeito bastante discreto, e imagino que o criminoso que estamos buscando tem que ser inconspícuo.

– É verdade. Mas existem mais formas de ser inconspícuo.

– Como assim?

– Suponhamos que um estranho chega, sem motivo aparente, a um determinado local três semanas antes de um assassinato. Ele seria imediatamente notado. Mas se ele fosse do tipo comum e tivesse algum hobby inofensivo, como pescar, levantaria muito menos suspeitas, concorda?

– Ou observar pássaros – concordei. – Sim, mas é justamente isso o que eu estava dizendo.

– Por outro lado – disse Poirot –, melhor ainda seria se o criminoso fosse uma pessoa conhecida. Quer dizer, ele pode ser o açougueiro. Nesse caso, ainda existe a vantagem de que ninguém suspeitaria de manchas de sangue em seu avental!

– Isso é ridículo. Todo mundo ficaria sabendo se o açougueiro tivesse uma briga com o dono da padaria.

– Não se o sujeito tivesse se tornado açougueiro *simplesmente para ter a chance de assassinar o dono da padaria.* Precisamos sempre olhar um passo antes, meu amigo.

Fitei-o de perto para ver se havia alguma pista por trás daquelas palavras. Tomando-as ao pé da letra, tudo apontava para o coronel Luttrell. Será que ele abriu aquela hospedaria só para ter a oportunidade de assassinar um dos hóspedes?

Poirot sacudiu a cabeça de maneira delicada.

– Não é no meu rosto que você encontrará a resposta.

– Você é realmente irritante, Poirot – desabafei. – De qualquer maneira, Norton não é meu único suspeito. E esse tal de Allerton?

Poirot, ainda impassível, perguntou:

– Você não gosta dele?

– Não.

– Um tipo repugnante.

– Exato. Você não acha?

– Sim. É um homem – disse Poirot lentamente – muito atraente para as mulheres.

– Como as mulheres são idiotas! – exclamei indignado. – O que elas veem num camarada desses?

– Vai saber! Mas é sempre assim. As mulheres sempre se sentem atraídas pelo *mauvais sujet*.

– Mas por quê?

Poirot encolheu os ombros.

– Talvez elas vejam alguma coisa que não vemos.

– Mas o quê?

– Perigo, possivelmente... Todo mundo, meu amigo, precisa de um pouco de perigo na vida. Alguns o procuram de forma indireta, como nas touradas. Outros leem a respeito. Alguns encontram no cinema. Mas uma coisa é certa: segurança demais entendia o ser humano. Os homens encontram perigo de muitas formas. As mulheres estão limitadas à área sexual. Talvez seja por isso que elas se sintam atraídas por sujeitos truculentos. O camarada gentil, que seria um marido perfeito, elas desprezam.

Refleti sobre aquelas palavras em silêncio por alguns minutos. Depois, voltei ao tema anterior.

– Sabe de uma coisa, Poirot? Será fácil descobrir quem é esse X. Basta eu verificar quem conhece todo mundo. Isto é, as pessoas envolvidas nos cinco casos que você me apresentou.

Falei isso com ar triunfante, mas Poirot me olhou com desdém.

– Não solicitei sua presença aqui, Hastings, para seguir minhas pegadas de modo estabanado. E posso lhe garantir que a coisa não é tão simples quanto parece. Quatro daqueles casos ocorreram neste condado.

As pessoas reunidas sob este teto não são um grupo de estranhos que chegaram aqui por acaso. Isto aqui não é um hotel, no sentido comum da palavra. Os Luttrell nasceram aqui. Estavam com dificuldades financeiras e decidiram abrir uma hospedaria. As pessoas que vêm aqui são amigos deles, ou amigos recomendados por amigos. Sir William convenceu os Franklin a virem. Eles, por sua vez, recomendaram o lugar para Norton e, creio, para a srta. Cole, e assim por diante. O que significa que existe uma boa chance de que todos se conheçam, direta ou indiretamente. Isso também vale para X. Considere o caso Riggs. A aldeia onde ocorreu a tragédia não é longe da casa do tio de Boyd Carrington. Os parentes da sra. Franklin também viviam aqui perto. A pousada da aldeia é muito frequentada por turistas. Alguns amigos da família da sra. Franklin costumavam se hospedar lá. Norton e a srta. Cole provavelmente já ficaram lá também. Não, meu amigo, peço-lhe que não tente me fazer revelar um segredo que me recuso a revelar.

– Que besteira tudo isso. Como se eu fosse sair por aí, espalhando a notícia. Estou cansado dessa história de que não consigo disfarçar meus pensamentos. Não tem graça nenhuma.

Poirot perguntou calmamente:

– Tem certeza de que esse é o único motivo pelo qual não lhe conto? Você não percebeu ainda, meu amigo, que ter acesso a essa informação pode ser perigoso? Não vê que estou preocupado com sua integridade física?

Fiquei olhando para ele, boquiaberto. Até aquele exato instante, eu não tinha pensado na questão por esse lado. Mas era verdade. Claro. Um assassino inteligente e astucioso, que já cometera cinco crimes – aparentemente sem levantar suspeitas –não hesitaria em eliminar quem andasse em sua cola.

– Mas, então, você não está correndo perigo, Poirot? – perguntei bruscamente.

Poirot fez um gesto de desdém, do jeito que pôde, naquele estado.

– Estou acostumado com isso. Sei me proteger. E não tenho aqui comigo meu fiel mastim para me proteger também? Meu grande e leal Hastings!

Capítulo 6

Poirot deveria acordar cedo. Saí, portanto, para que ele fosse dormir e desci as escadas, parando um momento para trocar algumas palavras com o criado Curtiss no caminho.

Pareceu-me um sujeito frio, lento na compreensão, mas confiável e competente. Estava com Poirot desde a volta do Egito. Informou-me que a saúde de seu patrão parecia ter melhorado bastante, mas que tivera, ocasionalmente, alguns ataques cardíacos, e seu coração andava muito debilitado nos últimos meses. A máquina começava a falhar.

Tinha sido uma vida boa. Ainda assim, sentia por meu velho amigo, que lutava tão dignamente naquele declínio gradual. Mesmo agora, fraco e coxo, seu espírito indomável o levava a perseverar no caminho que tanto conhecia.

Desci com um pesar no coração. Não conseguia imaginar a vida sem Poirot...

Tinham acabado uma partida de bridge na sala de estar e me convidaram para entrar na próxima. Aceitei, para distrair a mente. Boyd Carrington saiu, e me sentei com Norton, o coronel e a sra. Luttrell.

– O que me diz agora, sr. Norton? – falou a sra. Luttrell. – Vamos enfrentar os outros dois? Nossa última parceria foi muito bem-sucedida.

Norton sorriu, mas murmurou que talvez eles devessem mudar de dupla.

A sra. Luttrell concordou, parecendo-me um pouco contrariada.

Norton e eu jogamos contra os Luttrell. Reparei que a sra. Luttrell realmente não estava contente com essa disposição. Mordeu o lábio, perdendo todo o encanto e o sotaque irlandês por um momento.

Logo descobri por quê. Joguei em muitas futuras ocasiões com o coronel Luttrell, e ele não era um jogador ruim. Era o que eu descreveria como um jogador mediano, só que um pouco distraído. Por conta disso, cometia erros imperdoáveis de vez em quando. Mas quando jogava com a esposa, era um erro após o outro. Obviamente, ficava nervoso de jogar com ela, e por isso seu desempenho acabava sendo três vezes pior. A sra. Luttrell era uma excelente jogadora, embora fosse um tanto quanto desagradável jogar com ela. A mulher aproveitava qualquer vantagem possível, ignorava as regras se o adversário as desconhecesse e as fazia cumprir se isso a beneficiasse. Além disso, tinha o hábito de espiar as cartas dos outros. Em outras palavras, jogava para ganhar.

Entendi rapidamente o que Poirot quisera dizer com o termo "avinagrar". Jogando cartas, ela perdia o autodomínio, e insultava o marido a cada erro cometido. Uma situação muito constrangedora para Norton e para mim, a ponto de eu ficar aliviado quando a partida acabou.

Pedimos desculpas por não jogar outra partida, atribuindo a recusa ao adiantado da hora.

Quando nos afastamos, Norton desabafou.

– Não dá para jogar assim. Fico furioso de ver o coitado sendo ridicularizado dessa forma! Coitado. Cadê o coronel de comentários mordazes da Índia?

– Shhh – fiz para alertá-lo, pois ele aumentara a voz sem querer, e eu temia que o coronel Luttrell ouvisse.

– É terrível.

Falei, sentido:

– Entenderei se um dia ele se revoltar contra ela.

– Mas ele não se revoltará. Já está domesticado. Vive atrás dela: "Sim, querida, não, querida, desculpe, querida", como um carneirinho manso, até acabar no caixão. Não conseguiria se afirmar, nem se tentasse.

Balancei a cabeça com pena, porque me parecia que Norton tinha razão.

Paramos no átrio, e reparei que a porta lateral para o jardim estava aberta, pois o vento entrava por ali.

– Será melhor fechar? – perguntei.

Norton hesitou um minuto.

– Bem... É possível que nem todo mundo tenha entrado ainda – observou.

Uma suspeita me perpassou a mente.

– Quem está lá fora?

– Sua filha, acho. E... Allerton.

Ele tentou falar com entonação casual, mas a informação na sequência de minha conversa com Poirot me deixou preocupado.

Judith... e Allerton. Certamente, minha Judith, minha filhinha inteligente e fria, não se interessaria por um homem daquele tipo. Deveria ignorá-lo.

Fiquei repetindo isso para mim mesmo enquanto tirava a roupa, mas o vago desconforto continuava. Não consegui dormir, revirando-me na cama de um lado para o outro.

Como sempre acontece quando nos deitamos com preocupações, tudo se torna exagerado. Um breve sentimento de desespero e perda me invadiram. Se ao menos minha amada esposa estivesse viva! Ela, em cujo discernimento confiei por tantos anos! Ela sempre foi muito compreensiva e sensata em relação a nossos filhos.

Sentia-me totalmente incapaz sem ela. A responsabilidade pela segurança e felicidade de nossos filhos era minha agora. Será que eu daria conta do recado? Eu não era um homem inteligente. Cometia muitos erros. Se Judith estragasse suas chances de felicidade, se enveredasse por um caminho de sofrimento...

Desesperado, acendi a luz e sentei-me na cama.

Não dava para continuar assim. Precisava dormir. Dirigi-me ao banheiro e olhei, pensativo, para um frasco de aspirina que estava sobre a bancada da pia.

Não. Precisava de algo mais forte do que aspirina. Poirot devia ter algum calmante ou pílula para dormir. Atravessei o corredor em direção ao quarto dele e fiquei parado por um tempo em frente à porta. Estava sem graça de acordar o velho.

Naquela hesitação, ouvi passos e olhei em volta. Allerton vinha em minha direção. Como a luz era fraca, só consegui ver seu rosto quando ele se aproximou. Fiquei completamente imóvel. Ele sorria para si próprio, e não gostei nada daquele sorriso.

Allerton me encarou e franziu a testa.

– Olá, Hastings, ainda acordado?

– Não conseguia dormir – falei secamente.

– Só isso? Venha comigo que já lhe resolvo a questão.

Segui-o até o quarto, que era ao lado do meu. Uma estranha fascinação impelia-me a estudar esse homem o mais de perto possível.

– Você também fica acordado até tarde – comentei.

– Nunca fui de ir para a cama cedo. As noites bonitas foram feitas para serem aproveitadas.

Riu, e também não gostei daquele riso.

Acompanhei-o até o banheiro. Ele abriu um pequeno armário e pegou um frasco de comprimidos.

– Tome. Este é dos bons. Você vai dormir como uma pedra, além de ter lindos sonhos. Esse *Dormonil* é uma maravilha. Este é o nome do remédio.

O entusiasmo em sua voz me chocou um pouco. Será que ele também tomava drogas?

– É perigoso? – perguntei desconfiado.

– Só se tomar demais. É um desses barbitúricos. Só um detalhe: a dose tóxica é bem próxima da dose recomendada – disse, sorrindo de maneira desagradável.

– Não sabia que podia comprar esse tipo de remédio sem receita médica – falei.

– Não pode, meu caro. Na verdade, *você* não pode. Mas tenho facilidade de conseguir.

Suponho que tenha sido loucura de minha parte, mas não resisti ao impulso de perguntar:

– Você conhecia Etherington, não conhecia?

Percebi na hora que havia tocado num ponto delicado. Os olhos de Allerton demonstraram dureza e cautela.

– Sim, conhecia – disse com a voz mudada, num tom leve e artificial. – Coitado.

Depois, como não falei nada, continuou:

– Etherington consumia drogas, mas acabou abusando. A pessoa precisa saber quando parar. Ele não soube. Mau para ele. A mulher é que teve sorte. Não fosse pela simpatia do júri, ela teria sido enforcada.

Entregou-me um par de comprimidos e perguntou, casualmente:

– Você também conhecia Etherington?

Respondi a verdade:

– Não.

Por um momento, pareceu sem saber como reagir. Depois, disfarçou com uma risada.

– Sujeito engraçado. Não era do tipo "escola dominical", mas era uma boa companhia às vezes.

Agradeci os comprimidos e voltei para o meu quarto.

Quando me deitei e apaguei a luz, perguntei-me se não teria feito besteira.

Porque me parecia, cada vez mais, que Allerton era X. E eu deixei transparecer que suspeitava do fato.

Capítulo 7

I

Esta minha narrativa dos dias que passei em Styles deve parecer um pouco confusa. Recordo-me somente de uma série de conversas dispersas – palavras sugestivas e frases que me ficaram gravadas na memória.

Primeiro, veio a constatação da enfermidade de Hercule Poirot, que não apresentava grandes possibilidades de cura. Conforme ele dissera, seu cérebro ainda funcionava perfeitamente, mas o invólucro físico estava tão debilitado que compreendi logo que eu deveria ser muito mais ativo do que normalmente. Eu seria os olhos e os ouvidos de Poirot.

Verdade seja dita, todo santo dia Curtiss carregava o patrão até a cadeira de rodas, que o esperava no andar de baixo. Depois, empurrava-o até o jardim e escolhia um lugar sem correntes de ar. Em outros dias, quando o clima não estava propício, Poirot era levado para a sala de estar.

Onde estivesse, alguém sempre vinha trocar umas palavras com ele, mas não era o mesmo que as conversas pessoais, em que Poirot escolhia quem queria interrogar. Ali, não tinha essa opção.

No dia seguinte à minha chegada, Franklin me levou a um velho estúdio no jardim, que havia sido transformado num laboratório para propósitos científicos.

Deixe-me esclarecer desde já que não tenho inclinação nenhuma para a ciência. Ao relatar o trabalho do dr. Franklin, provavelmente usarei os termos mais inadequados, causando graça a quem entende do assunto.

Até onde eu, um mero leigo, pude perceber, Franklin realizava experiências com alcaloides derivados de uma semente de Calabar, chamada *Physostigma venenosum*. Numa conversa posterior entre Franklin e Poirot, compreendi melhor do que se tratava. Judith, que tentara me explicar, fora demasiado técnica, como acontece com os jovens estudantes no início, quando estão empolgados. Referiu-se, em tom professoral, aos alcaloides fisostigmina, eserina, fisoveína e geneserina, e embrenhou-se na nomenclatura de substâncias difíceis até de pronunciar, como prostigmina ou éster dimetil-carbônico de hidroxiprolina trimetilomelanina etc. Para mim, parecia tudo igual. Tudo grego. Acabei irritando Judith perguntando que utilidade tinha tudo aquilo para a humanidade. Não há pergunta que aborreça mais um cientista do que essa. Judith me olhou com desdém, emendando em outra explicação extensa e complexa. A conclusão, parece, é que certas tribos obscuras da África Ocidental haviam demonstrado uma notável imunidade em relação a uma doença igualmente obscura batizada, pelo que me lembro, de jordanite, por ter sido detectada por um cientista chamado Jordan. Era uma doença tropical extremamente rara, contraída, em uma ou duas ocasiões, por europeus, com resultados fatais.

Arrisquei-me a aumentar a fúria de Judith comentando que seria preferível procurar uma droga que amenizasse as sequelas do sarampo!

Com pena e desprezo, Judith me explicou que a única meta digna de se perseguir não era o bem da humanidade, mas o aprofundamento do *conhecimento* humano.

Vi algumas lâminas no microscópio, observei algumas fotos de nativos africanos (que interessante!), reparei num rato sonolento dentro de uma gaiola e saí para ar livre.

Como disse, meu interesse só foi despertado pela conversa entre Franklin e Poirot.

– Sabe, Poirot, este estudo tem mais a ver com sua especialidade do que com a minha. É a fava-de-calabar. Algumas tribos africanas acreditam que ela é capaz provar a inocência ou a culpabilidade de uma pessoa. Mastigam a semente, afirmando que sua ingestão mata o culpado e poupa o inocente.

– E eles morrem?

– Nem todos. Isso é o que sempre foi ignorado até agora. Há muita coisa por trás. Embuste de curandeiros, creio eu. Na verdade, existem duas espécies de sementes diferentes, apesar de praticamente idênticas. É difícil até perceber a diferença. As duas contêm fisostigmina, geneserina etc. mas na segunda espécie, é possível isolar, parece, outro alcaloide, e a ação desse alcaloide neutraliza o efeito dos outros. Além disso, a segunda espécie é ingerida regularmente por um grupo específico num ritual secreto, e as pessoas ficam imunes à jordanite. Essa terceira substância produz um efeito interessantíssimo sobre o sistema muscular, sem consequências deletérias. Uma coisa incrível. Infelizmente, o alcaloide, em seu estado puro, é muito instável. Mesmo assim, tenho obtido resultados. Mas o desejável é realizar muito mais pesquisas *no local.* Esse trabalho tem que ser feito! Eu venderia minha alma... – Interrompeu-se abruptamente. Depois sorriu: – Perdão. Fico envolvido demais com essas coisas.

– Como você disse – observou Poirot, placidamente –, minha profissão seria muito mais fácil se eu pudesse provar culpa ou inocência de maneira tão simples. Ah, se existisse uma substância capaz de fazer o que dizem que a fava-de-calabar faz!

Franklin disse:

– Mas seus problemas não terminariam por aí. Afinal, o que é culpa e o que é inocência?

– Quanto a *isso*, creio que não haja dúvida – comentei.

Franklin virou-se para mim:

– O que é mau? O que é bom? As opiniões a respeito variam de século para século. O que você estaria testando seria um *sentimento* de culpa ou um *sentimento* de inocência. Mas isso não teria nenhum valor como prova.

– Não entendo como chegou a essa conclusão.

– Meu querido amigo, suponha que um homem se julgue no direito divino de matar um ditador, um agiota, um cafetão ou qualquer pessoa que lhe cause indignação moral. Ele poderá realizar uma ação que *você* considera criminosa, mas ele se julgará inocente. De que serviria sua pobre fava-de-calabar neste caso?

– O criminoso sempre deve sentir alguma culpa – objetei.

– Eu mesmo gostaria de matar muitas pessoas – disse o dr. Franklin, animadamente. – Não acredite que minha consciência me tiraria o sono à noite depois de consumado o ato. É uma teoria minha, de que cerca de oitenta por cento dos seres humanos deveriam ser eliminados. Viveríamos muito melhor sem eles.

Afastou-se, assobiando baixinho.

Fiquei olhando para ele, perplexo. Poirot me fez voltar à realidade:

– Parece que você viu um ninho de cobras! Esperemos que nosso amigo doutor não ponha em prática o que prega.

– Mas e se ele puser?

II

Depois de certa hesitação, decidi sondar Judith sobre Allerton. Queria saber sua opinião a respeito daquele assunto. Minha filha era uma menina equilibrada, capaz de cuidar de si mesma. Eu não acreditava que ela pudesse se interessar por um tipo como Allerton. Acho, inclusive, que resolvi abordar o tema para me certificar disso.

Infelizmente, não foi como eu esperava... Confesso que toquei no assunto de forma pouco delicada. Não há nada que os jovens odeiem tanto quanto conselhos dos pais. Tentei imprimir um tom casual e alegre às minhas palavras. Pelo visto, não consegui.

Judith reagiu imediatamente.

– O que é isso? – perguntou. – Um aviso paternal contra o lobo mau?

– Não, Judith, claro que não.

– Vejo que você não gosta do major Allerton.

– Para falar a verdade, não. E imagino que você também não goste.

– Por quê?

– É que... ele não é muito do seu tipo, é?

– O que você considera "do meu tipo", pai?

Judith sempre me confundia. Fiquei sem saber o que dizer. Ela me olhava, com um sorriso de escárnio.

– É claro que *você* não gosta dele – disse ela. – Eu gosto. Acho-o muito divertido.

– Ah, divertido... talvez – acedi.

Judith continuou:

– Ele é muito atraente. Qualquer mulher acharia isso. Os homens, evidentemente, não veem.

– Evidentemente – falei e, sem nenhum tato, acrescentei: – Outro dia, vi vocês juntos lá fora, tarde da noite...

Ela não me deixou terminar. Saiu falando, furiosa.

– Sério, pai, você está sendo ridículo. Não percebeu ainda que já estou bem grandinha para cuidar da minha vida? Você não tem o direito de controlar o que eu faço ou com quem saio ou deixo de sair. É essa interferência absurda na vida dos filhos que os afastam dos pais. Gosto muito de você, pai, mas já sou uma mulher adulta, dona do meu nariz. Não comece a dar uma de superprotetor.

Aquela observação me magoou tanto que nem consegui responder. Judith foi embora rapidamente.

Fiquei ali, consternado, com a sensação de que tinha feito mais mal do que bem.

Estava perdido em meus pensamentos quando fui despertado pela voz da enfermeira da sra. Franklin, exclamando:

– Está pensativo, capitão Hastings.

Virei-me, satisfeito pela interrupção.

A enfermeira Craven era realmente uma moça muito bonita. Tinha muita vitalidade e era um tanto quanto arrogante, mas não deixava de ser agradável e inteligente.

Acabara de levar sua paciente para um local com sol, não muito longe do laboratório improvisado.

– A sra. Franklin se interessa pelo trabalho do marido?

A enfermeira Craven fez um maneio de cabeça indicando altivez.

– É um trabalho técnico demais para *ela*, que não é uma mulher muito inteligente, sabe, capitão Hastings.

– Sei.

– O trabalho do dr. Franklin, evidentemente, só poderá ser apreciado por alguém que entenda algo de medicina. Ele é um homem brilhante. Coitado. Tenho tanta pena dele.

– Pena?

– Sim. Já vi isso acontecer muitas vezes. O sujeito se casar com o tipo de mulher errado.

– Você acha que ela é o tipo errado para ele?

– Ora, o senhor não acha? Eles não têm nada em comum.

– Ele parece gostar muito dela – comentei. – Muito prestativo, sempre atendendo a seus desejos.

A enfermeira Craven soltou um riso desagradável.

– Ela faz por isso.

– Você acha que ela se aproveita de sua doença? – perguntei.

A enfermeira Craven riu.

– Ela sabe conduzir as coisas do seu jeito. Tudo o que sua senhoria deseja acontece. Algumas mulheres são assim, ardilosas como uma raposa. Se alguém se opuser a seus planos, elas se fazem de bobas. Outras dão um ataque. Mas a sra. Franklin é mais do primeiro tipo. Vira a noite e aparece pálida e exausta de manhã.

– Mas ela é realmente inválida, não?

A enfermeira Craven me olhou de um modo peculiar e disse secamente:

– Claro.

Mudou de assunto rapidamente, perguntando-me se era verdade que eu havia estado em Styles muito tempo atrás, na época da Primeira Guerra Mundial.

– Sim, é verdade.

Ela baixou a voz.

– Houve um assassinato aqui, não houve? Foi o que me disse uma das criadas. Parece que mataram uma senhora.

– Sim.

– E o senhor estava aqui na época?

– Estava.

Um calafrio lhe percorreu a espinha.

– Isso explica tudo, não?

– Explica o quê?

Ela me olhou de lado.

– A atmosfera do lugar. O senhor não sente? Eu sinto. Há algo de *errado*, se é que me entende.

Fiquei em silêncio um momento, considerando a questão. Seria verdade o que ela acabara de dizer? Será que uma morte brutal – um crime premeditado – deixa sua marca no lugar, a ponto de ser pressentido pelas pessoas muitos anos depois? Os indivíduos mediúnicos afirmam que sim. Será que Styles ainda conservava vestígios imateriais daquele fato ocorrido tanto tempo atrás? Aqui, entre estas paredes, nestes jardins, pensamentos homicidas ganharam força até se concretizarem. Será que eles ainda pairavam no ar que respirávamos?

A enfermeira Craven interrompeu meus pensamentos dizendo abruptamente:

– Já trabalhei numa casa onde também ocorreu um assassinato. Nunca esqueci. Não dá para esquecer. Um dos meus pacientes. Tive de prestar depoimento e tudo. Muito esquisito. Uma experiência traumatizante para uma menina.

– Deve ser. Eu que o diga...

Parei de falar no momento em que Boyd Carrington apareceu.

Como sempre, sua personalidade alegre parecia afastar as sombras e as preocupações intangíveis. Ele era tão grande, tão lúcido, tão livre que irradiava segurança e tranquilidade.

– Bom dia, Hastings. Bom dia, enfermeira. Onde está a sra. Franklin?

– Bom dia, sir William. A sra. Franklin está lá no fundo do jardim, perto do laboratório, à sombra da faia.

– E Franklin, imagino, está *dentro* do laboratório.

– Sim, sir William. Com a srta. Hastings.

– Pobre moça. Um absurdo ser obrigada a trabalhar confinada num laboratório numa manhã como esta! Devia protestar, Hastings.

A enfermeira Craven não demorou a dizer:

– A srta. Hastings está *muito* feliz. Ela gosta, e o doutor não conseguiria fazer nada sem ela.

– Coitado – disse Boyd Carrington. – Se eu tivesse uma secretária bonita como Judith, só teria olhos para *ela*, não para porquinhos-da-índia.

Eis o tipo de piada que Judith não gostaria de ouvir, mas o comentário agradou a enfermeira Craven, que riu bastante.

– Ai, sir William – exclamou, ainda rindo. – O senhor não devia dizer uma coisa dessas. Tenho certeza de que todo mundo sabe que o senhor é assim. Mas o dr. Franklin é tão sério. Está sempre envolvido no trabalho.

Boyd Carrington disse animadamente:

– Bem, parece que a esposa assumiu uma posição que lhe permite vigiar o marido. Deve ser ciumenta.

– O senhor está informado, sir William!

A enfermeira Craven parecia encantada com toda aquela *galhofa*. Disse, com certa relutância:

– Bem, acho que preciso ir. Tenho que preparar o leite maltado da sra. Franklin.

Afastou-se lentamente, e Boyd Carrington a seguiu com o olhar.

– Bela moça – observou. – Tem cabelos e dentes lindos. Um belo exemplo de mulher. Deve ser bastante monótono passar a vida cuidando de gente doente. Uma moça como ela merece um destino melhor.

– Pois é – concordei. – Mas algum dia ela se casa.

– Assim espero.

Boyd Carrington suspirou, e ocorreu-me que estivesse pensando na falecida esposa. Depois de um tempo, perguntou:

– Gostaria de vir comigo a Knatton, conhecer o lugar?

– Com muito prazer. Só tenho que ver se Poirot precisa de mim.

Encontrei Poirot sentado na varanda, muito bem agasalhado. Ele me incentivou a ir.

– Não deixe de ir, meu amigo. É uma propriedade magnífica. Você deve ir vê-la.

– Eu gostaria. Mas não queria abandoná-lo.

– Meu fiel amigo! Não é abandono nenhum. Acompanhe sir William. Um sujeito encantador, não acha?

– Primeira classe – respondi com entusiasmo.

Poirot sorriu.

– Sabia que fazia seu tipo.

III

Adorei o passeio.

O dia estava maravilhoso, um típico dia de verão, e a companhia não poderia ser melhor.

Boyd Carrington tinha um magnetismo pessoal, uma experiência de vida que o tornava o companheiro ideal. Contou-me histórias dos dias administrativos na Índia, alguns detalhes intrigantes sobre uma tribo da África Ocidental etc. A conversa toda era tão interessante que acabei me esquecendo das preocupações em relação a Judith e a profunda ansiedade que as revelações de Poirot provocaram em mim.

Gostei também do jeito que Boyd Carrington falou do meu amigo. Tinha um profundo respeito por ele, tanto pelo seu trabalho quanto pelo seu caráter. Apesar da tristeza que sentíamos em vê-lo naquele estado de saúde, Boyd Carrington não utilizou nenhuma palavra de pena. Parecia considerar que uma vida como a de Poirot representava uma recompensa em si, e que meu amigo poderia encontrar alegria e dignidade só de rememorá-la.

– Além disso – observou –, aposto que o cérebro dele está melhor do que nunca.

– Está mesmo – confirmei, contente.

– É um grande erro achar que o fato de um homem ter os movimentos limitados afetará suas faculdades mentais. A velhice afeta muito menos a cabeça do que se pensa. Juro, eu não cometeria um assassinato debaixo do nariz de Poirot nem nos dias atuais.

– Ele o descobriria – falei sorrindo.

– Tenho certeza de que sim. Não que eu tenha algum jeito para crimes. Não sei planejar as coisas. Sou impaciente demais. Se eu cometesse algum crime, seria no calor do momento.

– Esse é um dos crimes mais difíceis de descobrir.

– Não seria no meu caso. Eu deixaria pistas que me entregariam. Ainda bem que não tenho tendências criminosas. O único tipo de homem que me imagino matando seria um chantagista. Chantagem é algo abominável. Sempre achei que os chantagistas devem ser assassinados. O que você acha?

Confessei concordar, em termos, com sua visão.

Nesse momento, passamos a examinar a reforma da casa, na presença de um jovem arquiteto, que veio nos encontrar.

Knatton datava do período Tudor, com uma ala adicionada posteriormente. Não havia sido modernizada nem alterada desde a instalação de dois banheiros, por volta da década de 1840.

Boyd Carrington explicou que o tio havia sido uma espécie de eremita, avesso às pessoas, vivendo num canto isolado da vasta mansão. Boyd Carrington e o irmão eram tolerados, e passavam as férias escolares lá, antes de sir Everard se se isolar completamente.

O velho nunca casou e gastou apenas um décimo de sua fortuna, de modo que, após sua morte, descontando o imposto de herança, o atual baronete tornara-se um homem rico.

– Mas muito solitário – confessou, com um suspiro.

Fiquei em silêncio. Minha identificação com aquela declaração era forte demais para ser expressa em palavras. Porque eu também era um homem solitário. Desde que Cinders morreu, eu sentia que era apenas metade de um ser humano.

Em seguida, um pouco hesitante, expus parte do que sentia.

– Sim, Hastings, mas você teve algo que eu nunca tive.

Fez uma pausa. Depois, como pôde, descreveu sua própria tragédia.

Sua mulher havia sido uma jovem muito bela, cheia de encantos e virtudes, mas tinha uma mácula hereditária. Quase todo mundo na família dela morreu por causa da bebida, e ela seguiu o mesmo destino. Quase um ano depois do casamento, ela sucumbiu à dipsomania e veio a falecer. Ele não a culpava. Chegara à conclusão de que a hereditariedade havia sido mais forte do que ela.

Após morte da esposa, Boyd Carrington resolvera levar uma vida solitária. Triste pela experiência vivida, decidira não se casar mais.

– Sinto-me mais seguro sozinho – disse simplesmente.

– Sim, entendo perfeitamente.

– A coisa toda foi uma tragédia. Acabei envelhecendo prematuramente, ficando amargurado. – Pausa.

– É verdade que já pensei em refazer minha vida. Mas a moça era tão nova... que não achei justo prendê-la a um homem tão desiludido. Eu era velho demais para ela... ela era uma criança... tão linda... ainda por desabrochar.

Interrompeu-se, balançando a cabeça.

– Isso não competia a ela julgar? – perguntei.

– Não sei, Hastings. Achei que não. Ela... parecia gostar de mim. Mas, como eu disse, era nova demais. Sempre me lembrarei dela como a vi no último dia. Sua cabeça ligeiramente inclinada para um dos lados... aquele olhar perdido... sua mãozinha...

Calou-se. A imagem pareceu-me vagamente familiar, mas eu não sabia por quê.

A voz de Boyd Carrington, de repente, tornou-se dura.

– Fui um idiota – exclamou, interrompendo minhas reflexões. – Todo homem que deixa escapar uma oportunidade dessas é um idiota. Mas, fazer o quê? Aqui estou, com uma linda mansão, grande demais para mim, sem uma presença graciosa para me fazer companhia à mesa.

– Onde está essa moça agora? – indaguei.

– Casada – sentenciou. – O fato é, Hastings, que já estou adaptado à vida de solteiro. Dei meu jeito. Venha ver os jardins. Estão abandonados, mas são bonitos mesmo assim.

Demos uma volta pelo local, e fiquei muito impressionado com o que vi. Knatton era realmente uma linda propriedade. Não era de se espantar que Boyd Carrington estivesse tão orgulhoso dela. Ele conhecia bem a vizinhança e o pessoal dos arredores, embora houvesse, claro, novos moradores na região.

Boyd Carrington conhecera o coronel Luttrell nos velhos tempos. Esperava que a empreitada de Styles desse certo.

– Coitado do velho Toby Luttrell. Sempre duro – disse. – Boa gente. Bom soldado também e excelente atirador. Uma vez, fomos a um safári na África juntos. Que época boa! Ele já era casado, mas a esposa não foi, graças a Deus. Uma mulher bonita, mas um pouco autoritária. Curioso como um homem pode se sujeitar a uma mulher. O velho Toby Luttrell, capaz de fazer seus subalternos tremerem nas bases, com aquele jeito autocrático, fica mansinho perto da esposa. A mulher é bastante sarcástica, mas muito inteligente. Se existe alguém capaz de fazer aquele lugar prosperar, é ela. Luttrell nunca teve jeito para os negócios. Mas a sra. Luttrell é capaz de tudo para conseguir o que quer!

– Ela é tão efusiva – reclamei.

– Sei – disse Boyd Carrington, com humor. – Muito amável e doce, mas você já jogou bridge com eles?

Respondi que infelizmente sim.

– De um modo geral, mantenho-me afastado de mulheres que jogam bridge – disse Boyd Carrington. – E se você for esperto fará o mesmo.

Contei-lhe do constrangimento que Norton e eu sentimos na noite da minha chegada.

– Exato. Não sabemos onde nos enfiar. Um bom sujeito, Norton. Mas um tanto quanto reservado. Sempre à procura de pássaros e essas coisas. Não se interessa por caça, ele me disse. Extraordinário! Não gosta de esportes. Pois não sabe o que está perdendo, comentei com ele. Não sei que graça pode ter embrenhar-se pelas florestas procurando pássaros com um binóculo.

Mas sabíamos que o hobby de Norton poderia ter um importante papel nos acontecimentos que se sucederiam.

Capítulo 8

I

Os dias se passaram. Foi um período insatisfatório, com a desagradável sensação de espera.

Nada *aconteceu* de fato, por assim dizer. Houve incidentes, fragmentos de estranhas conversas, comentários acerca dos diversos convivas instalados em Styles, observações elucidativas. Em conjunto, poderiam ter me esclarecido muita coisa. Mas não esclareceram.

Foi Poirot que, com algumas poucas palavras, me mostrou algo para o que eu estivera criminosamente cego.

Eu reclamava, pela enésima vez, de sua recusa em me ter como confidente. Não era justo, falei. Sempre tivemos as mesmas informações, mesmo eu sendo mais estúpido, e ele, mais astuto para tirar conclusões a partir dessas informações.

Ele fez um gesto impaciente com a mão.

– Calma, meu amigo. Admito que não é justo, não é esportivo, mas isto *não* é um jogo, não é *le sport*. Não foi para que você descobrisse a identidade de X que lhe pedi para vir aqui. Você não precisa se ocupar com isso. Essa resposta *eu* já tenho. O que eu não sei e preciso descobrir é: "Quem morrerá, em breve?". Essa é a questão, *mon vieux*. Não um jogo de adivinhação, mas impedir que um ser humano seja assassinado.

– Evidentemente – tive que concordar. – Na realidade, você já tinha dito isso, mas não tinha caído a ficha.

– Pois que caia agora.

– Sim, claro,

– *Bien!* Diga-me, Hastings, quem morrerá?

Fiquei olhando para ele sem saber o que dizer.

– Não tenho a menor ideia!

– Pois deveria ter! Para que você está aqui?

– Deve haver alguma ligação entre a vítima e X – falei, voltando às minhas reflexões sobre o assunto. – Se você me dissesse quem é X...

Poirot sacudiu a cabeça com tanto vigor que deu pena.

– Não lhe disse que essa é a essência da técnica de X? Não permitir que descubram qualquer ligação entre ele e sua vítima.

– A ligação é oculta, é isso?

– Tão oculta que nem você nem eu seríamos capazes de identificá-la.

– Mas, certamente, se investigarmos o passado de X...

– Não. Pelo menos não *agora*. Um assassinato pode acontecer a qualquer momento, compreende?

– O assassinato de alguém desta casa?

– Sim, o assassinato de alguém desta casa.

– E você realmente não sabe quem nem como.

– Ah! Se eu soubesse, não lhe pediria com tanta urgência para descobrir isso para mim.

– Você baseia sua suposição simplesmente pela presença de X?

Eu parecia um pouco desconfiado. Poirot, cujo autocontrole diminuíra em virtude da imobilidade, gritou comigo.

– Ah, *ma foi*, quantas vezes vou precisar repetir isso? Se um monte de correspondentes de guerra chega, de repente, a um determinado lugar da Europa, o que significa isso? Significa guerra! Se vários médicos vêm de diversos lugares do mundo para uma cidade específica, o que significa isso? Significa que haverá uma conferência médica. A presença de um abutre indica a existência de uma carcaça. A presença de um grupo de malfeitores num terreno baldio indica a possibilidade de um assassinato. Se você vir um homem parando de repente, rasgando o casaco e jogando-o no mar, poderá deduzir que haverá um resgate. Se vir senhoras de meia-idade de aparência respeitável espreitando para ver se alguém as observa, poderá deduzir que haverá algum tipo de impropriedade. E, finalmente, se sentir um cheiro gostoso e observar diversas pessoas caminhando pelo corredor todas na mesma direção, poderá presumir que uma refeição está prestes a ser servida!

Considerei as analogias por um ou dois minutos e depois falei, pensando na primeira:

– Mas um único correspondente de guerra não significa guerra!

– É verdade, assim como uma andorinha só não faz verão. Mas um assassino, Hastings, é suficiente para cometer um assassinato.

Isso era inegável. Mas me ocorreu a ideia (que Poirot talvez não tivesse considerado) de que até um assassino deve ter seus momentos de folga. X poderia estar em Styles simplesmente para passar férias, sem intenção de matar alguém. Poirot estava tão envolvido com sua linha de raciocínio que não me atrevi a expor minha hipótese. Limitei-me a dizer que a coisa toda me parecia sem solução. Precisávamos esperar...

– E ver – completou Poirot. – Como o seu sr. Asquith na última guerra. Isso, *mon cher*, é exatamente o que não devemos fazer. Não estou dizendo, veja bem, que teremos sucesso, pois, como já lhe disse antes, quando um assassino está determinado a matar, não é fácil impedi-lo. Mas podemos, pelos menos, tentar. Suponha, Hastings, que você tenha aqui um problema de bridge no papel. Pode ver todas as cartas. Sua missão é deduzir o resultado das combinações.

Sacudi a cabeça.

– Não adianta, Poirot. Não tenho a menor ideia. Se eu soubesse quem é X...

Poirot alterou-se novamente. Gritou tão alto que Curtiss veio correndo do quarto ao lado, assustado. Poirot o dispensou e, quando ele saiu, meu amigo falou num tom mais controlado.

– Hastings, você não é tão estúpido como gosta de parecer. Você estudou os casos que lhe dei para ler. Você pode não saber quem é X, mas conhece a técnica que ele emprega para cometer seus crimes.

– Sei.

– É claro que você sabe. Seu problema é que você é mentalmente preguiçoso. Você gosta de joguinhos de adivinhação. Não gosta de usar a cabeça. Qual o elemento essencial da técnica de X? Não é que o crime, quando cometido, é *completo*? Ou seja, há um motivo para o crime, há uma oportunidade, há os meios e, o mais importante, há um culpado para ocupar o banco dos réus.

Compreendi na hora o ponto essencial e vi como tinha sido tolo de não perceber antes.

– Entendi – falei. – Preciso procurar a pessoa que preencha esses requisitos: a possível vítima.

Poirot recostou-se, aliviado.

– *Enfin*! Estou muito cansado. Chame o Curtiss. Agora você sabe qual a sua missão. Você é ativo, pode investigar, seguir as pessoas, conversar com elas, espiá-las...

Ia protestar, mas me contive. Era um argumento muito velho.

– Você pode ouvir as conversas, ainda tem capacidade física para se agachar e espiar pela fechaduras...

– Não vou espiar pelas fechaduras – interrompi indignado.

Poirot fechou os olhos.

– Muito bem. Você não espia pelas fechaduras. Mantém a condição de inglês de classe, e alguém será assassinado. Não importa. A honra em primeiro lugar! Não é assim que pensam os ingleses? Sua honra é mais importante do que a vida de alguém. *Bien*! Está certo.

– Não. Mas, que droga, Poirot...

– Chame o Curtiss para mim – Poirot disse friamente. – Pode ir embora. Você é extremamente teimoso. Desejaria ter comigo alguém em quem eu pudesse confiar, mas acho que terei que me contentar com você mesmo e suas ideias absurdas de lisura. Já que você não é capaz de utilizar suas células cinzentas como se não as tivesse, pelo menos use os olhos, os ouvidos e o nariz até onde sua honra permitir.

II

Foi no dia seguinte que decidi abordar uma ideia que já me ocorrera mais de uma vez. Mas hesitei, pois nunca sabemos como Poirot reagirá.

– Eu estava pensando, Poirot. Sei que não tenho sido o parceiro ideal. Você disse que sou estúpido. Bem. De certa forma, é verdade. Sou apenas metade do homem que já fui. Desde a morte de Cinders...

Calei-me. Poirot fez um som de quem expressava pesar.

– Mas há um homem aqui que pode nos ajudar – continuei. – É exatamente o tipo de pessoa de que precisamos. Tem inteligência, imaginação, recursos... Um sujeito habituado a tomar decisões e muito experiente. Estou falando de Boyd Carrington. É a pessoa de quem precisamos, Poirot. Torne-o seu confidente. Exponha-lhe a história toda.

– De jeito nenhum – disse Poirot, convicto.

– Mas por que não? Não pode negar que ele é esperto. Muito mais do que eu.

– ISSO é fácil – falou Poirot com sarcasmo. – Mas desista, Hastings. Não confiaremos em *ninguém*. Está entendido? Proíbo-o de falar sobre o caso.

– Tudo bem, se você está dizendo... Mas, realmente, Boyd Carrington...

– Boyd Carrington! Por que você está tão obcecado com Boyd Carrington? O que ele é, afinal? Um sujeito grande e pomposo, feliz de que as pessoas o chamem de "Sua Excelência". Um homem simpático, é verdade, e com certo tato. Mas ele não é tão maravilhoso quanto você pensa, Hastings. Ele se repete, conta a mesma história mais de uma vez e, o que é pior, sua memória é tão ruim que ele lhe conta, como se fosse sua, uma história que ouviu de você! Um homem de extrema habilidade? Não mesmo. Um falastrão. *Enfin*, um arrogante!

– Oh – exclamei, espantado, sendo obrigado a concordar.

Era verdade que a memória de Boyd Carrington não era boa. E ele havia realmente cometido uma gafe que aborrecera bastante Poirot. Poirot lhe contara uma história de sua época de polícia na Bélgica, e, poucos dias depois, quando alguns de nós estávamos reunidos no jardim, Boyd Carrington repetira a mesma história para Poirot, com este preâmbulo: "Lembro-me do chefe da Sûreté, de Paris, me contando...".

Percebi que isso realmente o havia marcado.

Com muito tato, não falei mais nada e me retirei.

III

Desci as escadas e fui para o jardim. Não havia ninguém lá e caminhei pelo bosque até chegar a uma colina onde avistei uma espécie de casa de verão em avançado estado de decrepitude. Sentei-me, acendi meu cachimbo e comecei a organizar as ideias.

Quem, em Styles, teria motivo para matar? Talvez tivesse sido convencido do motivo.

Deixando de lado o caso aparentemente óbvio do coronel Luttrell, que dificilmente mataria a esposa no meio de uma partida, por mais que ela merecesse, eu não conseguia pensar em mais ninguém.

O problema é que eu não conhecia direito as pessoas. Norton, por exemplo, e a srta. Cole? Quais eram os motivos comuns de um assassinato? Dinheiro? Boyd Carrington era o único rico do grupo. Se ele morresse, quem herdaria sua fortuna? Alguém presente na casa? Parecia pouco provável, mas era um ponto a ser investigado. Ele poderia, por exemplo, ter deixado seu dinheiro para pesquisas científicas, nomeando Franklin como fideicomissário. Isso, somado aos comentários insensatos do doutor referentes à eliminação de oitenta por cento da raça humana, depunha fortemente contra o médico. Talvez Norton ou a srta. Cole fosse um parente distante, tornando-se seu herdeiro imediato. Pouco provável, mas possível. Será que o coronel Luttrell, velho amigo de Boyd Carrington, receberia alguma coisa? Essas possibilidades pareciam esgotar o motivo "dinheiro". Passei a considerar possibilidades mais românticas. Os Franklin. A sra. Franklin era inválida. Seria possível que ela estivesse sendo lentamente envenenada, de modo que o crime viesse a ser atribuído ao marido? Afinal, ele era médico. Os meios e a oportunidade ele tinha. Mas e o motivo? Tive uma sensação desagradável ao cogitar que Judith poderia acabar se envolvendo na história. Eu tinha certeza de que o relacionamento dos dois era puramente profissional, mas será que as pessoas acreditariam nisso? Um policial cético acreditaria? Judith era uma moça muito bonita. Uma secretária ou assistente atraente já foi motivo para muitos crimes. Essa possibilidade me angustiou.

Em seguida, considerei Allerton. Será que havia algum motivo para matá-lo? Se fosse para haver um assassinato, que ele fosse a vítima! Existiam diversos motivos para alguém querer vê-lo morto. A srta. Cole, embora não fosse jovem, ainda era uma mulher bonita. Talvez eles tivessem um caso, e ela fosse motivada por ciúme, apesar de essa possibilidade me parecer pouco provável. Além do mais, se Allerton fosse X...

Balancei a cabeça impacientemente. Aquilo não estava me levando a lugar nenhum. O som de passos no cascalho lá embaixo atraiu minha atenção. Era Franklin caminhado rapidamente em direção à casa, com as mãos no bolso e a cabeça lançada para adiante, em postura de desalento. Vendo-o assim, desprevenido, tive a impressão de que ele era um homem profundamente infeliz.

Estava tão concentrado observando-o que não percebi que alguém se aproximava. Virei-me assustado quando a srta. Cole falou comigo.

– Não a vi chegando – expliquei em tom de desculpa, levantando-me.

Ela fitava a casa de verão.

– Uma relíquia vitoriana!

– Pois é. Pena que está cheia de teias de aranha. Sente-se. Deixe que eu limpo o banco.

Ocorreu-me que seria uma oportunidade de conhecer melhor uma das hóspedes de Styles. Comecei a estudá-la secretamente.

Devia ter entre trinta e quarenta anos, era ligeiramente magra, com um perfil bem delineado e olhos muito bonitos. Parecia reservada, até mesmo um pouco desconfiada, por conta de algum sofrimento vivido. Precisava saber mais sobre Elizabeth Cole.

– Pronto – falei, terminando de limpar o banco. – É o melhor que consigo.

– Muito obrigada.

Ela sorriu e se sentou. Sentei-me a seu lado. O banco rangeu um pouco, mas não aconteceu nenhuma catástrofe.

– Diga-me, o que estava pensando quando cheguei? – perguntou. – Parecia realmente longe.

– Estava observando o dr. Franklin – respondi.

– É?

Não vi razão para não lhe contar o que se passava pela minha cabeça.

– Tive a impressão de que ele é um homem profundamente infeliz.

A mulher a meu lado disse:

– Mas é claro. Só agora percebeu?

Acho que deixei transparecer surpresa.

– Sim – retorqui meio sem jeito. – Sempre achei que fosse um homem totalmente envolvido com seu trabalho.

– E ele é.

– Você chama isso de infelicidade? Eu diria que é o estado mais feliz que se possa imaginar.

– Sim, concordo. Mas não se você estiver sendo impedido de fazer o que realmente deseja. Se não puder dar o melhor de si.

Olhei para ela intrigado. Ela explicou:

– No outono passado, o dr. Franklin recebeu uma proposta de ir para a África, para continuar o trabalho lá. O dr. Franklin é um cientista muito experiente e tem feito um trabalho realmente magnífico no campo da medicina tropical.

– E ele não foi?

– Não. A mulher se opôs. Declarou que não tinha condições de enfrentar o clima e rejeitou a ideia de ficar para trás, sobretudo porque isso representaria contenção de despesas. O pagamento não era alto.

– Entendo. Suponho que ele tenha chegado à conclusão de que, naquele estado de saúde, a esposa não poderia ficar sozinha.

– Sabe bastante a respeito do estado de saúde dela, capitão Hastings?

– Na verdade, não. Mas ela é inválida, não?

– Ela gosta de doença – afirmou a srta. Cole, secamente.

Olhei para ela sem entender. Dava para perceber que ela estava do lado do médico.

– Suponho – observei – que as mulheres mais frágeis sejam egoístas mesmo.

– Sim. Eu diria que as inválidas, inválidas crônicas, geralmente são egoístas. Mas não podemos culpá-las.

– Você não acha que seja o caso da sra. Franklin.

– Eu não diria isso. É somente uma suspeita. Ela sempre me deu a impressão de que consegue fazer o que quiser.

Refleti em silêncio por um momento. Era evidente que a srta. Cole estava por dentro do que acontecia na intimidade da família Franklin.

– Você conhece bem o dr. Franklin, suponho – insinuei com curiosidade.

Ela acenou que não com a cabeça.

– Não. Só havíamos nos encontrado uma ou duas vezes antes de nos encontrarmos aqui.

– Mas ele lhe falou sobre sua vida, pelo que entendi.

A srta. Cole balançou a cabeça novamente.

– Não. O que acabei de lhe contar fiquei sabendo pela sua filha, Judith.

Judith, refleti com certa tristeza, falava com todo mundo, menos comigo.

A srta. Cole continuou:

– Judith é totalmente fiel a seu patrão e capaz de defendê-lo em qualquer situação. Condena claramente o egoísmo da sra. Franklin.

– Você também a acha egoísta?

– Sim, mas a entendo. Entendo inválidos. Entendo também a postura do dr. Franklin. Judith, evidentemente, acha que ele deveria deixá-la em algum canto e focar no trabalho. Sua filha é uma pesquisadora científica muito entusiástica.

– Eu sei – disse, desconsoladamente. – Isso me preocupa, às vezes. Não me parece normal, sabe? Acho que ela deveria ser... mais humana... procurar se divertir mais. Apaixonar-se uma ou duas vezes. Afinal de contas, a juventude é um momento de curtição, não de tubos de ensaio. Não é natural. Na nossa época, queríamos nos divertir, paquerar, curtir a vida, sabe como é.

Houve um momento de silêncio. Depois, a srta. Cole disse com certa frieza:

– Não sei não.

Fiquei horrorizado por um instante. Inconscientemente, falara como se fôssemos contemporâneos. Mas cheguei à conclusão de que ela era dez anos mais nova do que eu, pelo menos, e que eu havia sido extremamente indelicado.

Desculpei-me como pude. Ela me interrompeu:

– Não, não me referia a isso. Não precisa se desculpar. Queria dizer apenas o que disse: *não sei*. Nunca fui o que se pode chamar de “jovem”. Nunca tive o que chamam de “bons tempos”.

Algo em sua voz, uma certa amargura, um profundo ressentimento, deixou-me sem fala.

Por fim, disse, meio sem jeito, mas com sinceridade:

– Sinto muito.

Ela sorriu.

– Tudo bem. Não importa. Não fique tão abalado. Vamos mudar de assunto.

Obedeci.

– Conte-me algo sobre as outras pessoas daqui – sugeri. – A não ser que você não conheça ninguém.

– Conheço os Luttrell a vida toda. É triste que eles tenham de fazer isso, principalmente no caso dele. Ele é um doce, e ela é muito mais legal do que parece. Teve de viver com muito pouco dinheiro a vida toda, o que a tornou um tanto quanto inescrupulosa. Também, pudera. Com a vida que teve. A única coisa de que não gosto muito nela é aquele jeito afetado.

– Fale-me um pouco sobre o sr. Norton.

– Não há muito o que falar. É muito simpático, um pouco tímido, talvez um pouco tolo. Sempre foi muito delicado. Viveu sempre com mãe, uma mulher bastante rabugenta e ignorante. Do tipo mandona. Morreu há poucos anos. Norton ama pássaros, flores e coisas desse tipo. É uma pessoa muito amável e que sabe ver muita coisa.

– Pelo binóculo, você quer dizer?

A srta. Cole sorriu.

– Não falava no sentido literal. Dizia que ele é muito sensível ao que acontece à sua volta. A maioria das pessoas tranquilas é assim. Norton não é egoísta e é até bastante atencioso, mas um tanto quanto *ineficaz*, entende?

– Entendo.

Elizabeth Cole disse de repente, novamente com tristeza na voz:

– Esse é o lado deprimente de lugares como este. Hospedarias dirigidas por gente fracassada, frequentadas por pessoas que não deram certo na vida, que nunca conquistaram nada nem vão conquistar, pessoas derrotadas, velhas, cansadas, acabadas.

Calou-se. Uma grande tristeza tomou conta de mim. Como aquilo era verdade! Éramos um conjunto de seres apagados. *Cabeças grisalhas, corações grisalhos, sonhos grisalhos.* Eu, triste e solitário, a mulher ao meu lado, uma criatura amargurada e desiludida. O dr. Franklin, ambicioso e frustrado, sua mulher, uma vítima da doença. O pequeno e pacato Norton, mancando atrás de pássaros. Até Poirot, outrora brilhante, agora não passava de um paralítico.

Como tinha sido diferente nos velhos tempos, quando vim pela primeira vez a Styles! O contraste era grande demais para mim. Calei uma exclamação de dor e pesar.

Minha companheira perguntou logo:

– O que foi?

– Nada. Estava só impressionado com o contraste. Vim aqui muitos anos atrás, quando era jovem. Estava reparando nas diferenças entre aquela época e agora.

– Entendi. Era um lugar feliz? Todo mundo estava feliz naquela época?

Curioso como nossos pensamentos parecem girar num caleidoscópio. Acontecia comigo agora. Um embaralhar atordoante de lembranças e acontecimentos. Depois o mosaico assumia seu verdadeiro padrão. Lamentava o passado como passado, não a realidade. Porque, mesmo naquela época distante, não houvera felicidade em Styles. Lembrei-me dos fatos desalentado. Meu amigo John e sua esposa, ambos infelizes, levando a vida que eram obrigados a levar. Laurence Cavendish, imerso em melancolia. Cynthia, toda sua vivacidade apagada pela posição de dependência. Inglethorp, casado por dinheiro com uma mulher rica. Não, ninguém ali era feliz, como agora. Styles não era uma casa ditosa.

Falei para a srta. Cole:

– Estava me entregando a um sentimento falso. Esta casa nunca foi um lugar de felicidade. Todo mundo aqui é infeliz.

– Não. Sua filha...

– Judith não é feliz.

Falei isso com a certeza de quem sabia. Não, Judith não era feliz.

– Boyd Carrington – lembrei, duvidoso. – Confessou outro dia que se sentia solitário. Mas, pelo que pude perceber, ele está bem assim. Tem aquela casa e um monte de coisas.

– Sim, mas sir William é diferente – observou a srta. Cole. – Ele não pertence ao mesmo mundo que todos nós. Ele é de outra esfera, um mundo de sucesso e independência. Ele venceu na vida, e sabe disso. Não é um dos estropiados.

Curiosa escolha de palavra. Virei-me e fiquei olhando para ela.

– Por que você usou esse termo específico? – quis saber.

– Porque – explicou ela com súbita energia – é a verdade. Pelo menos no meu caso. Eu me sinto estropiada.

– Vejo que você foi muito infeliz na vida – comentei com delicadeza.

– Não sabe quem eu sou, sabe? – perguntou tranquilamente.

– Bem, sei seu nome...

– Cole não é meu nome. Quer dizer, é o nome da minha mãe. Passei a usá-lo depois.

– Depois?

– Meu nome verdadeiro é Litchfield.

Por um momento, não me dei conta do significado daquele nome, embora me fosse um nome familiar. Até que lembrei.

– Matthew Litchfield.

Ela assentiu.

– Vejo que sabe sobre ele. Foi o que acabei de dizer. Meu pai era inválido e tirano. Proibiu-nos de ter uma vida normal. Não podíamos nem convidar amigos para casa. Não tínhamos dinheiro. Estávamos numa prisão.

Ela fez uma pausa, e seus olhos, aqueles lindos olhos, perdiam-se naquela escuridão.

– E aí minha irmã... minha irmã...

Calou-se.

– Por favor, não continue. Não precisa continuar. É doloroso demais para você. Eu já sei o que aconteceu. Não precisa me contar.

– Mas o senhor não tem como saber. Maggie. É inconcebível... inacreditável. Sei que ela foi à polícia, que se entregou, que confessou tudo. Mas às vezes ainda não acredito! Sinto, de certa forma, que não foi verdade. Que não pode ter sido como ela falou.

– Você quer dizer – hesitei – que os fatos foram distorcidos?

Ela me interrompeu:

– Não. Não é isso. A questão é com a própria *Maggie.* Aquilo não era de seu feitio. Não era a Maggie. Não foi a Maggie!

Palavras me vieram à boca, mas não as proferi. Ainda não havia chegado o momento de eu poder confirmar: "Tem razão. *Não foi Maggie...*".

Capítulo 9

Por volta das seis horas o coronel Luttrell apareceu. Vinha com um rifle debaixo do braço e dois pombos mortos na outra mão.

– Olá, o que vocês dois estão fazendo aqui? Esta ruína não é muito segura. Está caindo aos pedaços. Pode desmoronar a qualquer momento. Cuidado para não se sujar, Elizabeth.

– Tudo bem. O capitão Hastings sacrificou um lenço para que eu pudesse me sentar.

O coronel Luttrell murmurou:

– É mesmo? Então ótimo.

Ficou ali, mordendo o lábio. Levantamo-nos e nos juntamos a ele.

Ele parecia muito distante essa tarde. Voltou à realidade para dizer:

– Estava tentando caçar esses malditos pombos. Eles fazem muito estrago, sabiam?

– Ouvi dizer que você é um excelente atirador – falei.

– Quem disse isso? Ah, deve ter sido Boyd Carrington. Eu era. No passado. Estou um pouco enferrujado hoje em dia. A idade não perdoa.

– Vista cansada?

– Não. Minha vista está melhor do que nunca. Claro, preciso de óculos para ler. Mas enxergo bem de longe. – Fez uma pausa e repetiu: – Muito bem. Nada que interfira... – disse, voltando a calar-se, ausente.

A srta. Cole comentou, olhando em volta:

– Que tarde linda!

Tinha razão. O sol estava se pondo no oeste, e a luz tornara-se dourada, realçando a beleza das árvores de um verde mais escuro. Era um entardecer tranquilo, bastante inglês, tal como costumamos recordar quando estamos em países tropicais. Expus esses pensamentos.

O coronel Luttrell concordou plenamente.

– Sim, sim. Muitas vezes pensei em tardes como esta, quando estava na Índia, sabe? Aumenta nosso desejo de nos aposentar e nos estabilizar, não acha?

Assenti com a cabeça.

Ele continuou, mudando o tom:

– Sim, estabilizar-se, voltar para casa. Mas nada é como imaginamos.

No caso dele, julguei acertada a conclusão. Ele não havia imaginado abrir uma hospedaria para se sustentar, com uma mulher sempre resmungando e reclamando da vida.

Caminhamos lentamente para casa. Juntamo-nos a Norton e Boyd Carrington, que estavam sentados na varanda, enquanto a srta. Cole resolveu entrar.

Ficamos ali conversando por alguns minutos. O coronel Luttrell parecia ter se animado. Contou uma ou duas piadas, aparentando mais jovialidade do que de costume.

– Foi um dia quente – comentou Norton. – Estou com sede.

– Tomem alguma coisa. Por conta da casa, ok?

O coronel Luttrell parecia feliz.

Agradecemos e aceitamos. Ele se levantou e entrou.

A parte do terraço em que nos encontrávamos ficava do lado de fora da sala de jantar, e a janela estava aberta.

Ouvimos o coronel Luttrell lá dentro abrindo um armário e, depois, o som de uma garrafa com rolha sendo destapada.

Em seguida, alta e estridente, veio a voz não oficial da sra. Luttrell.

– O que você está fazendo, George?

A voz do coronel reduziu-se a um sussurro. Só conseguimos ouvir algumas palavras murmuradas: "rapazes", "lá fora", "bebida".

A sra. Luttrell, num tom agudo e desagradável, explodiu, indignada:

– Nada disso. Que ideia é essa, George? Como é que você quer que isto aqui dê lucro se vive oferecendo cortesia para as pessoas? Aqui, quem bebe paga. Se você não pensa nos negócios, *eu* penso. Por Deus! Você iria à falência amanhã se não fosse eu. Preciso ficar atrás de você como se você fosse uma criança. Não pensa, não? Me dá aqui essa garrafa. Me dá!

Novamente, ouvimos um murmúrio abafado de protesto.

A sra. Luttrell retrucou bruscamente:

– Não me interessa o que eles vão dizer ou deixar de dizer. Essa garrafa vai voltar para o armário, que eu vou trancar.

Ouvimos o som de chave.

– Pronto. Agora sim.

Nesse momento, a voz do coronel foi mais audível:

– Você está indo longe demais, Daisy. Não vou aguentar.

– Não vai aguentar? E quem é você, por acaso, posso saber? Quem administra esta casa? Eu. Não se esqueça.

Ouvimos um som de cortina se fechando e a sra. Luttrell, irritada, saindo de lá.

O coronel reapareceu alguns minutos depois, mais velho e enfraquecido.

Todos nós sentimos muita pena dele e vontade de esganar a sra. Luttrell.

– Sinto muito, gente – disse ele meio sem graça. – Acabou o uísque.

Ele deve ter imaginado que não ouvimos o que aconteceu. De qualquer maneira, perceberia, logo em seguida, que não era verdade, pelo nosso constrangimento. Norton disse que não queria beber, porque já ia jantar, e mudou de assunto, fazendo uma série de comentários desconexos. Foi um momento constrangedor mesmo. Eu fiquei paralisado, e Boyd Carrington, o único que teria sido capaz de contornar o desconforto da situação, não teve oportunidade, pela precipitação de Norton.

De canto de olho, vi a sra. Luttrell atravessar o jardim, ainda irritada, com luvas de jardinagem e um sacho de monda. Era, sem dúvida, uma mulher eficiente, mas senti aversão por ela. Nenhum ser humano tem o direito de humilhar outro ser humano.

Norton ainda tagarelava. Contou que já pegara um pombo-torcaz, depois, que os colegas riram dele no segundo grau quando ele ficou doente por ver um coelho morto, passando para o relato sem sentido de um atirador que foi morto por acidente numa caçada a faisões na Escócia. Começamos a falar de diversos acidentes desse tipo, e Boyd Carrington, limpando a garganta, disse:

– Aconteceu uma coisa curiosa uma vez com um subordinado meu. Irlandês. O rapaz tirou férias e foi para a Irlanda. Quando voltou, perguntei-lhe se as férias tinham sido boas. "Claro, foram as melhores férias da minha vida." "Fico feliz de ouvir isso", falei, surpreso com aquele entusiasmo. "Sim, foram maravilhosas as férias! Matei meu irmão." "Matou seu irmão?!", exclamei, incrédulo. "Sim, sim. Há anos que eu queria fazer isso. Lá estava eu, num telhado em Dublin, com uma espingarda na mão, e quem eu vejo passando pela rua? Meu irmão. Foi um tiro perfeito, modéstia à parte. Ele caiu como um passarinho. Um momento magnífico, que jamais esquecerei!"

Boyd Carrington contou muito bem a história, com uma ênfase exageradamente dramática. Todos rimos, e a tensão se desfez. Quando ele se levantou e saiu, dizendo que precisava tomar um banho antes do jantar, Norton expressou nosso sentimento, comentando com entusiasmo:

– Que cara legal!

Concordei, e Luttrell disse:

– Sim, um bom sujeito.

– Pelo que eu soube, sempre teve sucesso – disse Norton. – Tudo o que ele faz dá certo. Um homem equilibrado, de ideias claras... enfim, um sujeito prático. O exemplo de homem bem-sucedido.

Luttrell disse lentamente:

– Alguns homens são assim. Tudo o que eles tocam vira ouro. Nunca falha. Algumas pessoas têm sorte.

– Nada disso, senhor – disse Norton, discordando com a cabeça. – Não é sorte. – Citou com propriedade: – *O problema não está nas estrelas, meu caro Brutus, mas em nós mesmos.*

– Talvez tenha razão – admitiu Luttrell.

Emendei:

– De qualquer maneira, é um sortudo de ter herdado Knatton. Que lugar! Mas ele deveria se casar. Vai se sentir muito sozinho lá.

Norton riu.

– Casar-se e estabilizar-se? E se a mulher o ridicularizar?

Um comentário infeliz. O tipo de observação que qualquer um poderia fazer, mas não naquelas circunstâncias, e Norton percebeu isso na hora. Tentou consertar, hesitou, gaguejou e parou, piorando ainda mais as coisas.

Ele e eu começamos a falar ao mesmo tempo. Comentei alguma coisa sobre a luz crepuscular, e Norton sugeriu uma partida de bridge depois do jantar.

O coronel Luttrell parecia alheio ao que acontecera e disse, num tom inexpressivo:

– Não, Boyd Carrington não será ridicularizado pela esposa. Não é do tipo de homem que se deixa ridicularizar. Ele é um homem de verdade.

Foi um momento bem desagradável. Norton voltou a tagarelar sobre bridge, até que um enorme pombo passou voando pela nossa cabeça e pousou numa árvore não muito distante de nós.

O coronel Luttrell apanhou sua arma.

– Um daqueles malditos – disse.

Antes mesmo de se tornar alvo, o pombo voou por entre as árvores, impossibilitando a pontaria.

No mesmo momento, a atenção do coronel foi desviada por um movimento na encosta mais embaixo.

– Droga, há um coelho roendo as cascas das árvores de novo, mesmo eu tendo cercado tudo.

Levantou a arma e atirou.

Ouviu-se um grito de mulher, que logo se extinguiu num gorgolejo horripilante.

A espingarda caiu das mãos do coronel, prostrado.

– Meu Deus. É a Daisy – disse ele, mordendo o lábio.

Saí correndo pelo gramado. Norton veio atrás de mim. Cheguei e me ajoelhei. Era a sra. Luttrell. Ela estivera agachada, amarrando uma estaca na base de uma haste de madeira recém-plantada. Como o mato estava alto ali, o coronel não percebera que era ela. Só conseguira distinguir um movimento na mata. A luz daquela hora também não ajudava. A sra. Luttrell foi atingida no ombro e sangrava muito.

Inclinei-me para examinar a ferida e olhei para Norton. Ele estava apoiado numa árvore, pálido, visivelmente enjoado.

– Não posso ver sangue – disse, desculpando-se.

Ordenei-lhe secamente:

– Va chamar o dr. Franklin, rápido. Ou a enfermeira.

Ele assentiu e saiu correndo.

A enfermeira Craven foi a primeira a aparecer em cena. Chegou extremamente rápido e procedeu de modo a estancar o sangue. Franklin chegou logo depois. Entre os dois, conduziram a sra. Luttrell de volta para casa e a deitaram na cama. Franklin fez um curativo, ligou para o médico dela e deixou-a aos cuidados da enfermeira Craven.

Assim que ele desligou, perguntei:

– Como ela está?

– Ela vai ficar bem. Felizmente, não atingiu nenhum ponto vital. Como foi que aconteceu?

Contei-lhe.

– Entendi – disse ele. – Cadê o coronel? Coitado, deve estar arrasado. Provavelmente precisa de mais atenção do que ela. Seu coração não é dos mais fortes.

Encontramos o coronel Luttrell na sala de fumantes. Tinha uma mancha azulada em volta dos lábios e parecia desnorteado.

– A Daisy? Como ela está? – perguntou aflito.

Franklin respondeu rapidamente:

– Ela vai ficar bem. Não se preocupe.

– Pensei que... um coelho... roendo as cascas... não sei como cometi um erro desses. A luz estava contra.

– Essas coisas acontecem – disse o dr. Franklin friamente. – Já vi isso acontecer uma ou duas vezes na minha vida. Senhor, deixe-me dar-lhe um estimulante. O senhor não parece estar muito bem.

– Estou bem. Posso... posso ir lá... vê-la?

– Agora não. A enfermeira Craven está com ela. Mas não se preocupe. Ela vai ficar bem. O dr. Oliver chegará em breve e confirmará o que lhe digo.

Deixei os dois e saí para o pôr do sol. Judith e Allerton vinham na direção contrária. A cabeça dele estava inclinada sobre a dela, e eles riam.

Como se não bastasse a tragédia que eu acabara de presenciar, aquela visão me deixou furioso. Chamei Judith num tom bastante rude, e ela me olhou surpresa. Resumi o que havia acontecido.

– Que coisa mais extraordinária – foi o comentário de minha filha.

Não parecia nem um pouco perturbada como imaginei que ficaria.

A postura de Allerton foi ultrajante. Agiu como se tudo não passasse de uma brincadeira.

– Bem que a megera merecia – observou. – Acha que o velho fez de propósito?

– Claro que não – respondi sem paciência. – Foi um acidente.

– Sim. Mas conheço esse tipo de acidente. Muito conveniente, às vezes. De verdade, se o velho tiver feito de propósito, tiro meu chapéu para ele.

– Não foi nada disso – cortei.

– Não esteja tão certo. Conheço dois homens que atiraram na esposa, "sem querer". Um estava limpando o revólver, e o outro apontou para a mulher "de brincadeira", segundo ele. Não sabia que a arma estava carregada. Os dois escaparam. Um alívio danado!

– O coronel Luttrell não é desse tipo – comentei com frieza.

– Bem, mas concordará que seria um grande alívio para ele, não? – colocou Allerton, de maneira pertinente. – Eles não tinham acabado de brigar?

Virei-lhe as costas, com raiva, tentando esconder também uma certa perturbação. Allerton chegara muito perto do ponto. Pela primeira vez, fiquei em dúvida.

Estava assim quando encontrei Boyd Carrington. Ele tinha ido dar um passeio no lago. No momento em que lhe contei o que acontecera, ele logo perguntou:

– Acha que ele atirou nela de propósito?

– Meu caro!

– Desculpe-me. Não devia ter dito isso. Por um momento, receei... É que ela tem provocado bastante o marido.

Ficamos um tempo em silêncio, lembrando da situação que tivemos o desprazer de ouvir sem querer.

Subi as escadas desalentado e preocupado. Fui até o quarto de Poirot.

Ele soubera do ocorrido por Curtiss, mas estava ansioso para ouvir os detalhes. Desde minha chegada em Styles, habituara-me a narrar em minúcias a maioria dos meus encontros e conversas para Poirot. Tinha a impressão de que, dessa forma, ele se sentiria menos excluído, com a ilusão de participar dos acontecimentos diários. Como sempre tive uma ótima memória, tenho facilidade de relatar diálogos quase que textualmente.

Poirot ouviu com muita atenção. Eu tinha esperança de que ele fosse capaz de tirar aquela ideia de intencionalidade da minha cabeça, fazendo pouco caso da sugestão, mas antes que ele falasse qualquer coisa, bateram de leve na porta.

Era a enfermeira Craven, que entrou pedindo desculpas por nos incomodar.

– Desculpe-me, mas achei que o doutor estivesse aqui. A senhora está consciente agora e está preocupada com o marido. O senhor sabe onde ele está, capitão Hastings? Não quero abandonar minha paciente.

Ofereci-me para procurá-lo. Poirot concordou, e a enfermeira Craven agradeceu.

Encontrei o coronel Luttrell numa salinha que raramente era usada. Ele estava na janela, olhando para fora.

Virou-se repentinamente quando entrei. Parecia preocupado. Interrogou-me com o olhar.

– Sua esposa está consciente, coronel Luttrell, e está perguntando por você.

– Oh! – exclamou.

A cor voltara-lhe ao rosto, e só nesse momento percebi como ele estava pálido antes. Perguntou hesitante, como um velhinho muito velhinho:

– Ela... ela está perguntando por mim? Já vou. Já vou.

Estava tão abalado que foi se arrastando em direção à porta, e tive que ajudá-lo. Ele se apoiou em mim para subir as escadas. Ofegava. Como Franklin previra, o choque havia sido grave.

Chegamos à porta da doente. Bati, e a enfermeira Craven pediu para entrarmos.

Ainda ajudando o velho, entramos no quarto. Havia um biombo em volta da cama, e tivemos que contorná-lo.

A sra. Luttrell parecia muito mal, pálida e frágil, de olhos fechados, até perceber nossa presença.

– George... George... – disse, quase sem voz.

– Daisy... minha querida...

Um dos braços dela estava enfaixado, mas estendeu o outro em direção ao marido. Ele deu um passo adiante e pegou em sua mão pequena e quebradiça.

– Daisy... – repetiu. – Graças a Deus você está bem.

Olhando para ele, vendo seus olhos ligeiramente anuviados e o profundo amor que havia entre os dois, senti vergonha de nossas lucubrações mórbidas.

Saí do quarto sem ninguém perceber. Não restavam dúvidas de que havia sido um acidente! Aquele agradecimento sincero era a prova. Senti-me bastante aliviado.

Ouvi a campainha do jantar. Tinha me esquecido completamente das horas. O acidente desordenou tudo. Só o cozinheiro continuou trabalhando normalmente, terminando de preparar a comida na hora de sempre.

A maioria de nós não havia trocado de roupa, e o coronel Luttrell não apareceu. Mas a sra. Franklin, muito atraente num vestido rosa claro, fez-se presente, parecendo muito bem disposta. O dr. Franklin, em contrapartida, tinha um ar melancólico e distante.

Depois do jantar, para meu desprazer, Allerton e Judith saíram para o jardim juntos. Fiquei ali sentado um tempo, ouvindo Norton e Franklin dissertarem sobre doenças tropicais. Norton era um ouvinte interessado, mesmo sabendo muito pouco a respeito do assunto.

A sra. Franklin e Boyd Carrington conversavam no outro lado do salão. Ele lhe mostrava algumas amostras de cortinas e cretones.

Elizabeth Cole tinha um livro nas mãos e parecia bastante absorvida na leitura. Tive a impressão de que ela estava um pouco sem graça em relação a mim, por conta do que me confidenciara à tarde. Lastimei a situação, esperando que ela não estivesse também arrependida. Não tive a oportunidade de lhe dizer que ela podia confiar em mim.

Depois de um tempo, subi para o quarto de Poirot.

Encontrei o coronel Luttrell sentado sob o círculo de luz produzido pela única lâmpada que estava ligada.

Ele falava e Poirot escutava. Acho que falava mais para si mesmo do que para seu interlocutor.

– Lembro-me muito bem... Sim, foi num baile de caça. Ela estava de branco, num vestido de tule, acho, esvoaçante. Que menina linda! Chamou logo a minha atenção. Eu disse para mim mesmo: "Essa é a moça com quem vou me casar". E, graças a Deus, foi o que aconteceu. Ela era belíssima. Tinha um jeito meio travesso e malcriado que me encantava. Sempre forte e confiante, tratava os outros como a tratavam. Deus a abençoe.

Ele riu.

Consegui imaginar a cena: Daisy Luttrell, com expressão atrevida e a língua rápida. Tão encantadora na época, quem diria que com o tempo se transformaria numa senhora rabugenta e brigona!

Mas era naquela jovem, seu primeiro amor verdadeiro, que o coronel Luttrell estava pensando hoje à noite. A sua Daisy.

E, novamente, senti-me envergonhado pelo que disséramos a seu respeito poucas horas antes.

Evidentemente, assim que o coronel saiu do quarto, desabafei tudo com Poirot.

Ele ouviu atentamente, sem expressar nenhum juízo no rosto.

– Então foi isso que você pensou, Hastings, que ele tinha atirado de propósito?

– Sim, e agora sinto vergonha...

Poirot ignorou meus sentimentos.

– Você chegou a essa conclusão por conta própria ou alguém lhe sugeriu a ideia?

– Allerton falou alguma coisa nesse sentido – contei, com raiva.

– Mais alguém?

– Boyd Carrington.

– Ah! Boyd Carrington.

– Afinal, é um homem vivido e tem experiência nessa área.

– Pois é. Mas ele não viu nada.

– Não, ele tinha ido dar uma volta. Fazer um pouco de exercício antes do jantar.

– Compreendo.

Falei meio sem jeito:

– Não é que eu tivesse realmente acreditado nessa hipótese, mas...

Poirot me interrompeu.

– Não precisa sentir tanto remorso pela sua suspeita, Hastings. Era uma ideia bastante pertinente naquelas circunstâncias. Nada mais natural.

Havia algo em seu tom que eu não compreendia, uma certa reserva. Seus olhos me avaliavam com curiosidade.

– Talvez – falei. – Mas vendo agora como ele é devotado a ela...

Poirot assentiu.

– Exato. É assim que acontece normalmente. Por trás das brigas, dos mal-entendidos, da aparente hostilidade da vida diária, pode existir uma verdadeira afeição.

Concordei. Lembrei-me do olhar carinhoso da sra. Luttrell quando o marido se aproximou da cama. Não havia mais nenhuma impaciência ou irritação.

A vida de casado era uma coisa curiosa, refleti quando fui para a cama.

Aquela postura de Poirot ainda me incomodava, aquele olhar, como se ele estivesse esperando que eu visse. Visse o quê?

Já estava me deitando quando atinei com a resposta!

Se a sra. Luttrell tivesse sido assassinada, o caso teria sido *como os outros*. O coronel Luttrell seria responsabilizado pela morte da esposa, embora ninguém soubesse ao certo se o crime havia sido acidental ou proposital. Não haveria provas suficientes para incriminá-lo, mas tudo deporia contra o coronel.

Ora, isso significava... significava...

Significava o quê?

Mas claro: significava que *não* havia sido o coronel que atirara na sra. Luttrell, mas X.

Impossível. Eu vi tudo. Foi o coronel que atirou. Nenhum outro tiro foi disparado.

A não ser que... Não, isso seria impossível. Talvez não *impossível*, mas muito improvável. Possível, sim... Suponhamos que alguém estivesse esperando esse momento, e no instante exato em que o coronel Luttrell atirou (no coelho), essa outra pessoa atirou na sra. Luttrell. Nesse caso, só um tiro seria ouvido. Mesmo se houvesse uma defasagem entre os disparos, tal defasagem passaria como eco (pensando bem, ouvimos realmente um eco).

Mas isso era absurdo. Havia como descobrir cientificamente de que arma a bala tinha sido disparada.

De qualquer maneira, isso só acontecia quando a polícia precisava descobrir a proveniência do projétil. No caso em questão, não havia essa necessidade, pois o coronel Luttrell tinha certeza, como todo mundo, de que fora ele quem disparara o tiro fatal. O fato nem seria questionado. Ninguém averiguaria algo tão evidente. A única dúvida seria se o tiro fora acidental ou intencional. Isso jamais saberíamos.

E, assim, o caso terminaria exatamente como os outros: o caso de Riggs, que não se lembrava, mas supunha que havia cometido o crime; o caso de Maggie Litchfield, que perdeu a cabeça e se entregou (por um crime que não cometeu).

Sim, esse caso era como os demais, e agora eu compreendia a atitude de Poirot. Ele esperava que eu me desse conta do fato.

Capítulo 10

I

Abordei o assunto com Poirot na manhã seguinte. Seu rosto iluminou-se, e ele fez um gesto de apreciação com a cabeça.

– Excelente, Hastings. Já esperava que você percebesse a semelhança. Mas não queria induzi-lo.

– Então estou certo: este é mais um caso de X.

– Inegavelmente.

– Mas *por quê*? Qual o motivo?

Poirot sacudiu a cabeça.

– Você não sabe? Não tem nenhuma ideia? – perguntei.

– Tenho uma ideia sim.

– Sabe a conexão entre todos esses casos?

– Acho que sim.

– Pois então me diga – pedi, sem conseguir conter a impaciência.

– Não, Hastings.

– Mas eu preciso saber.

– Muito melhor você não saber.

– Por quê?

– Acredite em mim.

– Você é incorrigível. Amarrado a essa cadeira com artrite, sentado aí, indefeso, e tentando resolver tudo sozinho.

– Não estou tentando resolver tudo sozinho. Não mesmo. Pelo contrário, você desempenha um papel fundamental nessa história toda, Hastings. Você representa meus olhos e meus ouvidos. Só me recuso a lhe dar informações que podem ser perigosas.

– Em relação a mim?

– Em relação ao criminoso.

– Você não quer que ele suspeite que você está na sua cola, não é? Ou então você acha que eu não sei me cuidar sozinho.

– Saiba pelo menos de uma coisa, Hastings. Um homem que já matou uma vez voltará a matar... uma e outra vez.

– De qualquer maneira – objetei, mal-humorado –, não houve nenhum crime desta vez. A bala não atingiu o alvo.

– Sim, foi uma sorte. Uma sorte enorme. Como lhe falei, é difícil prever essas coisas.

Poirot suspirou, com expressão preocupada.

Retirei-me, constatando com tristeza sua dificuldade em fazer qualquer esforço hoje em dia. Seu cérebro continuava funcionando, mas ele era um homem cansado e doente.

Poirot me avisara para não tentar descobrir a personalidade de X. Pelo meu lado, estava convencido de que já descobrira. Havia apenas uma pessoa em Styles que me parecia realmente má. Uma simples pergunta, e eu confirmaria a suposição. Mesmo dando negativo, o teste teria seu valor.

Fui falar com Judith depois do café da manhã.

– Por onde você andava ontem à tarde quando a encontrei com o major Allerton?

O problema é que quando focamos num aspecto de uma questão, tendemos a ignorar todos os outros. Fiquei bastante desconcertado com a repreensão de Judith.

– De verdade, pai, isso não é da sua conta.

Fui pego de surpresa. Não sabia o que dizer.

– Eu só... só perguntei...

– Sim, mas *por quê*? Por que você vive me fazendo perguntas? O que eu estava fazendo, aonde eu fui, com quem eu estava. É insuportável isso!

O engraçado é que dessa vez eu não estava interessado em saber onde Judith estava. Meu foco era Allerton.

Tentei tranquilizá-la.

– Ora, não vejo por que não posso fazer uma simples pergunta.

– E eu não vejo por que você quer saber isso.

– Não é nada de mais. Só queria saber se vocês ficaram sabendo do que aconteceu.

– Do acidente? Bom, já que você quer tanto saber, eu tinha ido à aldeia comprar alguns selos.

Reparei no uso do pronome pessoal.

– E Allerton foi com você?

Judith soltou um suspiro de exasperação.

– Não, não foi – respondeu ela em tom furioso. – Na verdade, nos encontramos perto de casa, logo antes de encontrar você. Espero que esteja satisfeito. Mas gostaria de esclarecer que se decidir passar o dia inteiro com o major Allerton, pai, não é da sua conta. Já tenho vinte e um anos, já me sustento sozinha, e a forma como uso meu tempo livre só diz respeito a mim mesma.

– Está certo – concordei prontamente, para deitar água na fervura.

– Fico feliz de ouvir isso – disse ela, já mas calma. Esboçou um sorriso. – Paizinho, não seja tão controlador. Você não sabe como é chato. Ter alguém sempre se metendo nas suas coisas.

– Não vou mais fazer isso – prometi.

Franklin apareceu.

– Oi, Judith. Vamos! Estamos mais atrasados do que normalmente – disse, curto e grosso.

Aquilo me incomodou. Eu sabia que Franklin era chefe de Judith, que lhe pagava para dispor de seu tempo, que podia lhe dar ordens. Mas isso não lhe dava o direito de agir rudemente. Suas maneiras não eram as mais delicadas do mundo, mas pelo menos ele demonstrava um mínimo de educação em relação às pessoas. Com Judith, porém, sobretudo quanto a atrasos, ele era sempre grosseiro, autoritário. Mal olhava para ela quando falava. Só mandava. Judith não parecia se incomodar com isso, mas eu me incomodava por ela. Por algum motivo, comparei a atitude de Franklin com a atenção exagerada de Allerton. Sem dúvida, John Franklin era dez vezes melhor do que Allerton em termos de caráter, mas em termos de modos, ficava muito atrás.

Observei Franklin caminhando em direção ao laboratório. Era desajeitado, tinha a constituição angulosa, os ossos do rosto salientes, além das sardas e do cabelo ruivo. Um homem feio e canhestro. Nenhuma qualidade óbvia. Era inteligente, reconheçamos, mas as mulheres não se apaixonam pelo cérebro. Lamentei que Judith, por conta do trabalho, praticamente não tivesse contato com outros homens. Não tinha oportunidade de avaliar outros rapazes mais atraentes. Comparado com Franklin, o charme barato de Allerton se destacava, com toda a força do contraste. Minha filha, coitada, não tinha a chance de avaliá-lo pelo que ele realmente era.

Suponhamos que ela se apaixonasse de verdade por ele. A irritabilidade que ela acabara de demonstrar era um sinal inquietante. Allerton era um patife, disso eu tinha certeza. Talvez fosse algo mais. E se Allerton fosse X?

Poderia ser. No momento do disparo, ele não estava com Judith.

Mas qual seria o motivo de todos aqueles crimes aparentemente sem propósito? Allerton não era louco. Era um homem perfeitamente são. São e imoral.

E Judith, a minha Judith, estava andando demais com ele.

II

A essa altura, embora ainda estivesse preocupado com minha filha, a questão da identidade de X e a possibilidade de um crime ocorrer a qualquer momento sobrepunham-se aos problemas mais pessoais, relegando-os a segundo plano.

Agora que a bomba explodira, que existia uma tentativa de homicídio (malograda, felizmente), eu podia refletir sobre o ocorrido. Quanto mais refletia, mais apreensivo ficava. Soube, por acaso, que Allerton era casado.

Boyd Carrington, que sabia tudo sobre a vida de todo mundo, me explicou melhor depois. A esposa de Allerton era uma católica devota, que o abandonou pouco depois do casamento. Devido à sua religião, eles não podiam se divorciar.

"E se você quiser saber", comentou Boyd Carrington, com sinceridade, "a situação é perfeita para o desgraçado. Como suas intenções com as mulheres são sempre indecorosas, uma esposa de respaldo lhe cai como uma luva".

Ótima notícia para um pai!

Os dias após o acidente se passaram em aparente normalidade, mas, dentro de mim, crescia a agitação.

O coronel Luttrell passava a maior parte do tempo no quarto da mulher. Outra enfermeira havia chegado para tomar conta dela, e a enfermeira Craven reassumiu seu lugar como cuidadora da sra. Franklin.

Sem querer ser maldoso, devo confessar que notei sinais de irritação por parte da sra. Franklin por ter perdido seu posto de principal doente da casa. Toda a atenção em torno da sra. Luttrell a incomodava visivelmente, uma vez que sua condição de saúde não era mais o assunto do momento.

Passava o dia sentada na rede, queixando-se de palpitações. Nenhuma comida estava de acordo com seu gosto, e todas as suas cobranças eram disfarçadas por uma falsa paciência.

– Detesto causar transtorno – lamuriou-se. – Fico sem graça pelo meu estado de saúde. É tão *humilhante* ter de pedir para as pessoas fazerem as coisas para mim o tempo todo. Às vezes, chego a pensar que estar doente é um crime. Uma pessoa sem saúde e insensível aos outros à sua volta deveria ser afastada deste mundo, para não incomodar.

– Não, madame – objetou Poirot, galante como sempre. – As flores delicadas e exóticas devem ser conservadas em estufas, já que não suportariam os efeitos da intempérie. Só as ervas daninhas vicejam nos rigores do frio, mas isso não deve ser valorizado. Considere meu caso: quase paralítico, incapaz de me mover, preso a esta cadeira, mas não penso em desistir da vida. Aproveito o que posso: comida, bebida, os prazeres do intelecto.

– Ah, mas no seu caso é diferente – suspirou a sra. Franklin. – O senhor é sozinho. No meu caso, há o pobre John. Sinto que sou um peso na vida dele. Uma esposa doente e inútil. Uma verdadeira mó atada ao seu pescoço.

– Tenho certeza de que ele nunca disse nada nesse sentido.

– Dizer não *disse*. Claro que não. Mas os homens são tão transparentes, coitados. E o John não sabe esconder as emoções. Não quer ser indelicado, mas é uma pessoa muito insensível. Não tem sentimentos e não espera que os outros tenham. Na verdade, é uma sorte ter nascido assim. Uma pessoa que não se ofende com nada.

– Eu não descreveria o dr. Franklin como uma pessoa insensível.

– Não? É que o senhor não o conhece tão bem quanto eu. Evidentemente, tenho consciência de que ele seria muito mais livre sem mim. Às vezes, fico tão deprimida com essa ideia que chego a pensar em acabar com tudo. Seria um alívio.

– Não diga uma coisa dessas, madame.

– Afinal, que importância tenho eu? Sair disto para o Grande Mistério... – disse, sacudindo a cabeça. – O John ficaria livre.

– Isso é drama – disse a enfermeira Craven quando lhe contei da conversa. – Ela não vai fazer nada. Não se preocupe, capitão Hastings. Essas pessoas que falam em "acabar com tudo", em tom de vítima, não têm a menor intenção de fazer coisa alguma.

Verdade seja dita, assim que a preocupação em torno da condição da sra. Luttrell esmoreceu e a enfermeira Craven voltou a cuidar de sua antiga paciente, os ânimos da sra. Franklin melhoraram consideravelmente.

Numa manhã particularmente agradável, Curtiss levou Poirot à sombra de uma faia perto do laboratório. Era seu local preferido, protegido do vento leste e de qualquer brisa. Perfeito para Poirot, que odiava correntes de ar, tomando sempre o cuidado de não se expor. Na verdade, acho que ele gostava mesmo é de ficar dentro de casa, mas saía, contanto que estivesse bem agasalhado.

Caminhei em direção a eles e, quando cheguei, a sra. Franklin apareceu, vinda do laboratório.

Estava muito bem-vestida e parecia bastante animada. Explicou que ia dar um passeio com Boyd Carrington para ver a casa e ajudá-lo a escolher cretones.

– Esqueci minha bolsa ontem no laboratório quando estava conversando com o John – informou. – Coitado, ele e Judith tiveram de ir a Tadcaster pegar um reagente químico que estava faltando.

Afundou-se numa cadeira perto de Poirot e abanou a cabeça com uma expressão cômica.

– Coitadinhos! Fico tão feliz de não ter nenhuma inclinação científica! Num dia bonito como este, parece-me verdadeiramente pueril.

– A senhora não deve deixar que os cientistas ouçam uma coisa dessas, madame.

– Não, claro que não – disse. Depois, adquirindo uma expressão séria, falou: – O senhor não deve pensar, sr. Poirot, que não admiro meu marido. Admiro-o muito. Só acho que a dedicação exagerada ao trabalho não é boa para ele.

Havia um ligeiro tremor em sua voz.

Parecia que a sra. Franklin gostava de representar diferentes papéis. Nesse momento, fazia o papel de esposa fiel e dedicada.

Inclinou-se para frente, colocando a mão sobre o joelho de Poirot.

– O John – disse – é uma espécie de *santo*. Chega a me assustar às vezes.

Chamar o dr. Franklin de santo era um certo exagero, mas Barbara Franklin continuou, com brilho nos olhos:

– Ele é capaz de fazer qualquer coisa, enfrentar qualquer risco, para contribuir com o conhecimento humano. Incrível, não acha?

– Certamente – concordou Poirot, sem pensar muito.

– Mas, às vezes, fico nervosa, sabe? – continuou a sra. Franklin. – Não sei até que ponto ele é capaz de chegar. Aquela semente terrível que ele está testando agora. Tenho medo de que ele comece a fazer experiências em si próprio.

– Ele deve tomar as precauções necessárias – observei.

Ela discordou com um sorriso desconfortável:

– O senhor não conhece o John. Não soube o que ele fez com aquele novo gás?

Respondi que não com a cabeça.

– Era um novo gás que eles estavam pesquisando. O John se ofereceu para testá-lo. Foi trancado num tanque por trinta e seis horas, com pulso, respiração e temperatura sendo monitorados, para verificar os efeitos posteriores dessa exposição e determinar se as consequências eram similares às que se produziam em animais. Um dos professores me disse depois que o John correu um risco enorme. Poderia facilmente ter tido uma síncope. Mas o John é assim: completamente alheio à sua própria segurança. Acho admirável, o senhor não acha? *Eu* jamais teria essa coragem.

– É preciso realmente muita coragem – disse Poirot – para fazer esse tipo de coisa.

Barbara Franklin disse:

– Pois é. Tenho muito orgulho dele, mas, ao mesmo tempo, fico nervosa. Porque os porquinhos-da-índia e os sapos já não servem depois de um tempo. Eles querem saber a reação humana. Por isso estou tão preocupada com essa fava-de-calabar. Tenho medo de que o John queira experimentá-la e algo ruim aconteça com ele. – Suspirou e balançou a cabeça. – Mas ele ri das minhas preocupações. O John realmente *é* uma espécie de santo.

Nesse momento, Boyd Carrington apareceu.

– Oi, Babs. Está pronta?

– Sim, Bill. Estava à sua espera.

– Espero que essa volta não vá cansá-la demais.

– Fique tranquilo. Há muito tempo que eu não me sentia tão bem.

Ela se levantou, sorriu para nós dois e caminhou pelo gramado com seu alto companheiro.

– Dr. Franklin, o santo moderno – ironizou Poirot.

– Uma grande mudança de atitude – comentei. – Mas acho que ela é assim.

– Assim como?

– Gosta de dramatizar e desempenhar diversos papéis. Um dia a incompreendida, a esposa ignorada; no outro, a sofredora que não suporta ser um peso para o homem que ama. Hoje foi a dedicada companheira, preocupada com o bem do marido. O problema é que todos os papéis são ligeiramente exagerados.

– Você a acha ignorante, não acha? – perguntou Poirot, pensativo.

– Bem, eu não diria isso. Talvez não seja um exemplo de intelecto.

– E não faz seu tipo.

– Quem faz meu tipo? – perguntei irritado.

Poirot respondeu, de modo inesperado:

– Abra a boca e feche os olhos, que você verá o que as fadas lhe trazem...

Não consegui responder porque a enfermeira Craven se aproximava, correndo em nossa direção. Sorriu educadamente, destrancou a porta do laboratório, entrou e voltou com um par de luvas.

– Primeiro a bolsa e agora as luvas. Sempre esquece *alguma coisa* – observou, correndo de volta para o lugar onde Barbara Franklin e Boyd Carrington a esperavam.

A sra. Franklin era o tipo de mulher irresponsável que sempre deixava as coisas para trás. Esquecia seus pertences e pedia para os outros irem buscá-los. Devia até se orgulhar disso. Já a ouvi dizendo, mais de uma vez, de modo complacente: "Também, com essa minha cabeça de vento!".

Fiquei olhando a enfermeira Craven correr pelo gramado até perdê-la de vista. Corria com elegância, o corpo equilibrado e vigoroso.

– Uma mulher deve se cansar de uma vida dessas – falei impulsivamente. – Vida de enfermeira, o tempo todo a serviço de alguém. E não acho que sra. Franklin seja particularmente dócil ou cuidadosa.

A resposta de Poirot me perturbou sobremaneira. Sem nenhum motivo, ele fechou os olhos e murmurou:

– Cabelos castanhos.

Sim, a enfermeira Craven tinha cabelos castanhos, mas não entendi por que Poirot escolheu aquele momento para tecer tal comentário.

Não respondi.

Capítulo 11

Acho que foi na manhã seguinte, antes do almoço, que uma conversa me deixou vagamente inquieto.

Éramos quatro: Judith, eu, Boyd Carrington e Norton.

Não me lembro direito como o assunto surgiu, mas discutíamos sobre eutanásia: teses a favor e contra.

Boyd Carrington, como era de se esperar, dominou a conversa. Norton dava uma opinião aqui e ali, e Judith mantinha-se calada, mas prestando bastante atenção.

Eu confessei que, embora parecesse haver muitos motivos para aprovar a prática, eu não conseguia aprová-la, por razões sentimentais. Além disso, expliquei, seria colocar poder demais nas mãos dos parentes.

Norton concordou comigo, acrescentando que só admitia a eutanásia com o desejo e o consentimento do próprio paciente, em casos de sofrimento prolongado sem esperança de cura.

Boyd Carrington disse:

– Mas essa é a questão. A pessoa deve ter o direito de "acabar com tudo"?

Em seguida, contou a história, que afirmou ser verídica, de um homem que sofria terrivelmente em consequência de um câncer inoperável. O homem implorou ao médico de plantão que lhe desse algo para pôr termo ao seu sofrimento. O médico lhe respondeu: "Não posso fazer isso". Ao sair, porém, deixou algumas cápsulas de morfina sobre a mesa de cabeceira do paciente, explicando quantas podia tomar tranquilamente e que dose seria fatal. Mesmo podendo escolher, ele não optou pela morte. "Provando, então", disse Boyd Carrington, "que, apesar de suas próprias palavras, o doente preferiu o sofrimento a uma saída rápida e misericordiosa".

Nesse momento, Judith falou pela primeira vez.

– Claro! Essa decisão não deveria ter sido deixada em suas mãos.

Boyd Carrington perguntou o que ela queria dizer.

– Quando a pessoa está doente, fraca, com dor, não tem força para tomar uma decisão. Alguém precisa decidir por ela. Quem a ama de verdade tem esse dever.

– Dever? – questionei.

Judith virou-se para mim:

– Sim, *dever*. Alguém lúcido, capaz de assumir essa responsabilidade.

Boyd Carrington balançou a cabeça, em gesto de desaprovação.

– E acabar no banco dos réus, acusado de assassinato.

– Não necessariamente. De qualquer maneira, se você ama alguém, assumiria o risco.

– Mas o que você está sugerindo, Judith – interveio Norton – é uma responsabilidade e tanto.

– Não acho. As pessoas têm medo de assumir responsabilidades. Assumem responsabilidade por um cachorro. Por que não por um ser humano?

– Bom, há uma "pequena" diferença, não?

– Sim, o ser humano é mais importante.

– Nem sei o que dizer – falou Norton.

Boyd Carrington perguntou com curiosidade:

– Quer dizer então que *você* assumiria o risco.

– Acho que sim. Não tenho medo de assumir riscos.

Boyd Carrington sacudiu a cabeça novamente, contrariado.

– Pois deveria ter. As pessoas não podem sair criando leis, decidindo em questões de vida ou morte.

Norton disse, dirigindo-se a Boyd Carrington:

– Na verdade, a maioria das pessoas não teria *coragem* de assumir essa responsabilidade. – Sorriu olhando para Judith e desafiou: – Você não teria, na hora mesmo.

Judith ponderou:

– Não tenho como saber, claro. Mas acho que teria coragem, sim.

– Acho que não – contestou Norton. – A não ser que você tivesse um bom motivo, um motivo de interesse pessoal.

– Isso só prova que você não entende nada – falou Judith duramente. – Se eu tivesse algum interesse, não conseguiria fazer nada. Vocês conseguem entender? – perguntou para todos nós. – Teria que ser algo totalmente impessoal. Só poderia assumir a responsabilidade de antecipar a morte de alguém se estivesse muito segura do motivo. Precisa ser um ato completamente desprovido de egoísmo.

– Mesmo assim – insistiu Norton. – Você não teria coragem.

Judith batia na mesma tecla:

– Teria sim. Para início de conversa, não considero a vida algo sagrado como vocês consideram. Vidas impróprias, vidas inúteis, deveriam ser afastadas. Tanta *polêmica* por isso! Só as pessoas capazes de fazer uma contribuição decente para a sociedade é que deveriam ter autorização de viver. As outras deveriam ser descartadas, sem dor.

Buscou a aprovação de Boyd Carrington.

– Concorda?

Boyd Carrington respondeu, medindo as palavras:

– Talvez. Não sei...

Norton disse calmamente:

– Muitas pessoas concordariam com você, em tese. Mas a prática é outra história.

– Não faz sentido.

– Claro que não – exclamou Norton, já sem paciência. – Estamos falando de é *coragem*. O sujeito simplesmente não tem colhão, utilizando uma expressão vulgar.

Judith ficou em silêncio. Norton continuou:

– Você sabe, Judith, que na hora H você não teria coragem.

– Você acha?

– Tenho certeza.

– Pois eu acho que você está enganado, Norton – disse Boyd Carrington. – Acho que Judith é bastante corajosa. Felizmente, nunca se deparou com uma situação dessas.

A campainha soou.

Judith levantou-se e disse para Norton:

– Você está equivocado. Tenho muito mais "colhão" do que você pensa.

E foi andando rapidamente para casa. Boyd Carrington acompanhou-a, gritando:

– Ei, espere por mim, Judith.

Fui atrás, sentindo-me desalentado, por algum motivo. Norton, sempre muito observador, pôs-se a consolar-me.

– Ela não quis dizer isso. É o tipo de ideia imatura que temos quando somos jovens. Felizmente, não agimos como pensamos. Fica só na teoria.

Judith deve ter ouvido, pois lançou um olhar furioso por sobre o ombro.

Norton baixou a voz.

– Não devemos nos preocupar com teorias. Mas, Hastings...

– Sim?

Norton perguntou, meio constrangido:

– Não queria me intrometer, mas o que você sabe de Allerton?

– Allerton?

– Sim. Desculpe-me se eu estiver sendo enxerido, mas, se fosse você, não deixaria minha filha ter muito contato com ele. Ele é... Bem, sua reputação não é das melhores.

– Já percebi – falei consternado. – Mas hoje em dia não é tão fácil.

– Imagino. "Já sei me cuidar sozinha", dizem. Algumas sabem mesmo. Mas... bem... Allerton tem uma técnica especial nessa área. – Hesitou, mas disse: – Olha, acho que devo lhe contar. Não deixe essa história ir muito longe. É que sei algo a respeito dele.

Contou-me o que sabia, e tive oportunidade de verificar mais tarde que era verdade. Uma história revoltante. O caso de uma moça, segura se si, moderna, independente, que Allerton engabelou com sua astúcia. O romance terminou em tragédia, com a moça tirando a própria vida com uma overdose de barbitúricos.

E o mais horrível é que essa moça era muito parecida com Judith: independente, intelectual. O tipo de menina que, quando se apaixona, entrega-se totalmente, num desespero e abandono que as menininhas mais fofinhas nem sabem o que é.

Entrei para almoçar com um pressentimento terrível.

Capítulo 12

I

– Está preocupado com alguma coisa, *mon ami*? – perguntou-me Poirot nessa tarde.

Não respondi. Limitei-me a acenar com a cabeça, em sinal negativo. Senti que não tinha o direito de incomodar Poirot com esse problema, puramente pessoal. De qualquer maneira, ele não tinha como ajudar.

Judith trataria qualquer censura de sua parte com a indiferença sorridente que os jovens demonstram em relação aos conselhos dos velhos.

Judith, minha Judith...

É difícil descrever o que passei naquele dia. Refletindo agora, vejo-me inclinado a atribuir parte de minha perturbação à atmosfera de Styles, um lugar propício a pensamentos negativos. Além de um passado trágico, havia também um presente sinistro. O espectro de um assassinato e de um assassino assombravam a casa.

Eu estava convencido de que o assassino era Allerton. E Judith estava se apaixonando por ele! Inacreditável. Uma situação horrorosa, e eu não sabia o que fazer.

Depois do almoço, Boyd Carrington veio falar comigo. Não foi direto ao assunto. Por fim, disse meio sem jeito:

– Não pense que quero me intrometer, mas acho que deveria falar com sua filha. Dar um conselho de pai. Esse sujeito, Allerton. Tem uma péssima reputação. E ela... bem, parece que ela está interessada.

Para quem não tem filho, é fácil falar! Dar um conselho de pai?

Adiantaria alguma coisa? Ou pioraria tudo?

Se a Cinders estivesse aqui... Ela saberia o que fazer, o que dizer.

Admito que me sentia tentado a não dizer nada, para preservar minha paz. Mas cheguei à conclusão de que estava sendo covarde. Não queria confrontar Judith. Por incrível que pareça, estava com medo de minha própria filha.

Andei de um lado para o outro do jardim, cada vez mais angustiado. Como que conduzido pelo destino, meus passos acabaram me levando ao roseiral, onde encontrei Judith sentada num banco, sozinha. Nunca tinha visto uma expressão de tanta infelicidade no rosto de uma mulher.

A máscara havia caído, revelando dúvida e tristeza.

Tomei coragem e fui falar com ela. Não me ouviu até eu me sentar do seu lado.

– Judith. Pelo amor de Deus, não dê tanta importância às coisas.

– Pai? – disse, virando-se para mim. – Não ouvi você chegar.

Continuei, sabendo que seria o fim se ela conseguisse transformar aquela conversa num diálogo cotidiano.

– Meu anjo... Não pense que eu não sei, que eu não vejo. Ele não é para você. Acredite em mim. Não merece seu sofrimento.

Seu rosto preocupado, alarmado, virou-se para mim.

– Tem certeza de que sabe do que está falando? – perguntou calmamente.

– Sei. Você gosta desse sujeito. Mas, minha linda, isso não vai dar em nada.

Ela sorriu tristemente. Um sorriso de cortar o coração.

– Talvez eu saiba disso tão bem quanto você.

– Não sabe não. Não tem como. Judith, aonde tudo isso vai levar? Ele é um homem casado. Não há futuro nenhum nessa relação. Só dor, vergonha e autodepreciação.

Ela sorriu mais ainda, mais tristemente ainda.

– Como você está eloquente hoje!

– Desista, Judith. Desista de tudo.

– Não!

– Ele não é para você, meu doce.

– Ele é tudo para mim – disse ela, de maneira muito calma.

– Não, Judith. Eu imploro...

O sorriso desapareceu.

– Como você ousa se intrometer? – disse com uma fúria vingativa. – Não admito. Nunca mais toque nesse assunto comigo, ouviu? Eu odeio você. Odeio! Não tem nada com isso. É a *minha* vida, entendeu bem? A minha vida, e só minha!

Levantou-se. Com a mão firme, afastou-me de seu caminho e passou por mim, furiosa. Fiquei olhando para ela, consternado.

II

Quinze minutos depois, e eu ainda estava lá, confuso, perdido, sem saber o que fazer.

Elizabeth Cole e Norton encontraram-me nesse estado.

Eles eram, percebi depois, muito cuidadosos comigo. Viram (devem ter visto) que eu estava muito perturbado, mas tiveram o cuidado de não fazer nenhuma alusão à minha apatia. Ao contrário, levaram-me para passear. Os dois amavam a natureza. Elizabeth Cole me mostrou flores silvestres, Norton me mostrou pássaros com seu binóculo.

A conversa foi agradável, girando em torno de aves e flora. Aos poucos, fui voltando ao normal, embora ainda estivesse muito preocupado nos bastidores.

Além disso, estava convencido, como acontece com a maioria das pessoas, de que tudo o que ocorria tinha ligação com minha própria perplexidade.

Portanto, quando Norton exclamou "Um pica-pau-malhado! Nunca...", calando-se de repente, desconfiei na mesma hora. Pedi o binóculo emprestado.

– Quero ver – falei, em tom peremptório.

Norton atrapalhou-se e disse, com uma voz curiosamente hesitante:

– Eu me enganei. Ele já voou... Mas era um pássaro comum.

Estava pálido e sem graça, evitando nos encarar. Parecia ao mesmo tempo confuso e aflito.

Mesmo agora, não acho que eu tenha sido injusto de pensar que ele tinha visto algo que não queria que eu visse.

Fosse o que fosse, ele tinha ficado tão perplexo que nós dois percebemos.

O binóculo tinha sido ajustado para uma zona distante do bosque. O que será que ele viu lá?

Pedi, quase em tom de ordem:

– Deixe-me ver.

Arranquei-lhe o binóculo da mão. Lembro-me que ele tentou me impedir, mas não conseguiu.

– Não era nada... quer dizer, o pássaro já voou – disse Norton com a voz apagada.

Minhas mãos tremiam um pouco. Ajustei as lentes. Lentes poderosas. Apontei mais ou menos na direção em que Norton mirara.

Mas não vi nada além de uma mancha branca desfocada (um vestido feminino?) desaparecendo entre as árvores.

Baixei o binóculo e, sem dizer nada, entreguei-o a Norton. Ele não me olhou. Parecia preocupado e atônito.

Caminhamos de volta para casa, e lembro-me que Norton ficou o tempo todo em silêncio.

III

A sra. Franklin e Boyd Carrington chegaram pouco tempo depois de termos voltado para casa. Ele a levara de carro a Tadcaster porque ela queria comprar algumas coisas.

E comprou mesmo. Os dois tiraram diversos pacotes do carro, e ela parecia muito animada, conversando e rindo com o rosto corado.

Pediu para Boyd Carrington ir na frente com um objeto frágil, e eu ajudei a carregar outro embrulho.

Ela falava de maneira mais rápida e nervosa do que de costume.

– Que calor! Está tão abafado. Acho que vai cair um temporal. Dizem que há falta de água. A pior seca que já houve em anos.

Continuou, dirigindo-se a Elizabeth Cole:

– O que vocês ficaram fazendo? Onde está o John? Ele disse que estava com dor de cabeça e que ia dar uma volta para ver se passava. Muito difícil ele ter dor de cabeça. Deve estar preocupado com as experiências. Não estão dando muito certo, parece. Gostaria que ele falasse mais das coisas.

Fez uma pausa e virou-se para Norton.

– Está tão calado, sr. Norton. O que houve? Parece assustado. Viu o fantasma daquela velha sra. Não sei o quê?

– Não. Não. Não vi nenhum fantasma – respondeu ele, hesitante. – Estava só pensando.

Nesse momento, Curtiss entrou, empurrando Poirot na cadeira de rodas.

Parou no hall, preparando-se para tirar Poirot da cadeira e carregá-lo lá para cima.

Poirot, com os olhos subitamente alertas, olhou para cada um de nós.

– O que houve? Aconteceu alguma coisa? – perguntou.

Durante um minuto, ninguém respondeu. Em seguida, Barbara Franklin disse, com uma risada artificial:

– Não, claro que não. O que poderia ter acontecido? Estávamos falando da tempestade que deve cair. Ai, estou tão cansada. Poderia me ajudar a levar tudo isso lá para cima, capitão Hastings? Muito obrigada.

Segui-a pelas escadas, em direção à ala oriental. Seu quarto era o último desse lado.

A sra. Franklin abriu a porta. Eu estava atrás dela, carregando um monte de pacotes nos braços.

Parou abruptamente na entrada. Boyd Carrington estava na janela, com a mão entre as mãos da enfermeira Craven.

Ergueu o olhar e riu, sem graça.

– Oi. Ela está lendo minha sorte. Sabia que a enfermeira é uma excelente quiromante?

– É mesmo? Não sabia – disse Barbara Franklin, secamente.

Tive a impressão de que ela estava irritada com a enfermeira Craven.

– Pegue estas coisas, por favor. E prepare uma gemada para mim. Estou muito cansada. Traga também uma garrafa de água quente. Vou para a cama o mais cedo possível.

– Pois não, sra. Franklin.

A enfermeira Craven fez o que lhe foi ordenado, sem demonstrar nenhum sinal de revolta, apenas obediência profissional.

– Pode ir, Bill. Estou terrivelmente cansada.

Boyd Carrington parecia muito preocupado.

– O passeio foi puxado demais? Desculpe-me. Como sou descuidado! Não deveria ter cansado você dessa maneira.

A sra. Franklin deu seu sorriso angelical de mártir.

– Não quis dizer nada. Odeio ser *desmancha-prazeres.*

Boyd e eu saímos do quarto, um pouco embaraçados, deixando as duas mulheres juntas.

Boyd Carrington disse, arrependido:

– Que idiota que eu sou! Barbara estava tão leve e alegre que me esqueci de seu estado de saúde. Espero que ela não tenha uma recaída.

Falei mecanicamente:

– Nada que uma boa noite de descanso não resolva.

Ele desceu as escadas. Eu hesitei e decidi ir pela outra ala, em direção ao meu quarto e ao quarto de Poirot. O homenzinho devia estar me esperando. Pela primeira vez, senti certa relutância em encontrá-lo. Tinha tanto em que pensar, e ainda sentia aquela dor na boca do estômago.

Caminhei lentamente pelo corredor.

Ouvi vozes que vinham de dentro do quarto de Allerton e, instintivamente, parei em frente à porta. De repente, a porta se abriu, e minha filha Judith apareceu.

Ficou paralisada quando me viu. Agarrei-a pelo braço e levei-a à força até meu quarto. Estava furioso.

– O que você estava fazendo no quarto daquele sujeito?

Ela ficou olhando para mim. Não demonstrava raiva, só frieza. Por alguns segundos não respondeu.

Sacudi-a pelo braço.

– Não vou aceitar essa história. Você não sabe o que está fazendo.

Nesse momento, ela disse com voz baixa e mordaz:

– Vejo que você tem uma mente bastante suja.

– Tenho mesmo. É um absurdo que a sua geração acredite que pode se comparar à minha. Nós, pelo menos, temos certos padrões. Entenda bem, Judith. Eu a proíbo de ter qualquer tipo de contato com esse sujeito.

Ela fitou-me.

– Entendo. Então é assim.

– Você nega que está apaixonada por ele?

– Não.

– Mas você não sabe quem ele é. Não tem como saber.

Deliberadamente, sem medir as palavras, contei-lhe o que ouvira a respeito de Allerton.

– Viu? Esse é o canalha com quem você está andando – comentei no fim.

Ela pareceu bastante incomodada, demonstrando certo desdém.

– Nunca pensei que ele fosse santo.

– Isso tudo não faz nenhuma diferença para você, Judith? Ser depravada desse jeito?

– Diga o que quiser.

– Judith, você não tem... você não é...

Não conseguia me expressar. Ela soltou-se de mim.

– Eu faço o que bem entender da minha vida, ouviu bem? E não adianta me censurar. Você não pode me impedir.

No instante seguinte, ela já não estava mais no quarto.

Senti as pernas bambas.

Caí numa cadeira. A situação era muito pior do que eu imaginava. A menina estava totalmente cega de paixão. Não havia ninguém que pudesse me ajudar. Sua mãe, a única pessoa a quem ela daria ouvidos, estava morta. Tudo dependia de mim.

Acho que nunca sofri tanto quanto naquele momento...

IV

Em seguida, levantei-me. Tomei um banho, fiz a barba e troquei de roupa. Desci para jantar. Devo ter me comportado naturalmente, porque ninguém pareceu notar nenhuma diferença na minha atitude.

De vez em quando, flagrava Judith me olhando de relance. Devia estar impressionada com minha capacidade de dissimulação.

E o tempo todo, por dentro, eu estava cada vez mais determinado.

Só precisava de coragem. Coragem e inteligência.

Depois do jantar, saímos para o jardim. Observamos o céu, comentamos a respeito de um possível temporal.

De canto de olho, vi Judith desaparecendo atrás da casa. Logo depois, Allerton seguiu na mesma direção.

Terminei o que estava dizendo para Boyd Carrington e fui atrás deles.

Norton tentou me impedir, acho. Segurou-me pelo braço. Sugeriu que fôssemos ao roseiral. Ignorei-o.

Ele ainda estava do meu lado quando dei a volta na casa.

Lá estavam eles. Judith com o rosto voltado para cima, Allerton inclinado sobre ela. Vi quando ele a tomou nos braços e a beijou.

Separaram-se rapidamente. Dei um passo adiante, e Norton me puxou para trás.

– Você não pode...

Interrompi-o:

– Posso sim. E vou.

– Não vai adiantar. Sei que a situação é chata, mas não há nada que você possa fazer.

Fiquei em silêncio. Era a opinião dele, mas eu sabia mais.

Norton continuou:

– Sei como você deve se sentir impotente e revoltado, mas a única coisa a fazer é admitir a derrota. *Aceite*!

Não o contradisse. Esperei, deixando-o falar. Depois, avancei em torno da casa de novo.

Os dois haviam desaparecido, mas eu imaginava onde estariam. Havia uma casa de verão escondida num bosque de lilases não muito distante dali.

Fui até lá. Acho que Norton ainda estava comigo, mas não tenho certeza.

Quando cheguei perto, ouvi vozes e parei. Era a voz de Allerton.

– Então está combinado, minha querida. Não faça mais objeções. Você vai à cidade amanhã. Eu direi que estou indo a Ipswich ficar com um amigo por uma ou duas noites. Você liga de Londres avisando que não tem como voltar. E ninguém desconfiará do jantarzinho no meu apartamento. Prometo que não se arrependerá.

Senti Norton me puxando. Virei-me para ele. Quase ri na sua cara, ao ver a expressão de preocupação em seu rosto. Fingi ceder, porque sabia exatamente o que faria.

– Não se preocupe, meu caro – falei pausadamente. – Não adianta mesmo. Agora entendo. Não temos como controlar a vida de nossos filhos. Não tenho mais expectativas.

Ele ficou aliviado, coitado.

Pouco tempo depois, comuniquei que iria para a cama cedo, alegando estar com dor de cabeça.

Ele nem desconfiava de meus planos.

V

Parei um momento no corredor. Não havia ninguém por perto. Tudo muito silencioso. As camas já estavam preparadas para os hóspedes se deitarem. Norton, cujo quarto era deste lado, ficara lá embaixo. Elizabeth Cole jogava bridge. Curtiss estava na copa jantando. O terreno estava livre.

Orgulhei-me de não ter trabalhado tantos anos com Poirot em vão. Sabia exatamente que precauções tomar.

Allerton *não* ia se encontrar com Judith em Londres no dia seguinte.

Allerton não ia a lugar nenhum no dia seguinte.

A execução do plano foi ridiculamente simples.

Entrei no meu quarto e peguei o frasco de aspirinas. Depois, fui ao quarto de Allerton e entrei no banheiro. As cápsulas de Dormonil estavam no armário. Oito seriam suficientes, já que uma ou duas era a dose recomendada. O próprio Allerton me explicara que a dose nociva era bem próxima da dose recomendada. Li a bula: "É perigoso exceder a dose prescrita".

Sorri.

Com um lenço de seda enrolado na mão, desenrosquei o frasco cuidadosamente. Não podia deixar impressões digitais em lugar nenhum.

Retirei oito cápsulas e coloquei oito aspirinas no lugar, porque os comprimidos eram quase do mesmo tamanho. O frasco ficou exatamente como antes. Allerton jamais notaria a diferença.

Voltei para o meu quarto. Havia uma garrafa de uísque lá (como em quase todos os quartos de Styles). Peguei dois copos e um sifão. Nunca vi Allerton recusar uma bebida. Quando ele subisse, eu o convidaria para tomar alguma coisa.

Dissolvi os comprimidos num pouco de uísque. Dissolviam facilmente. Tomei um gole, com a devida cautela. Meio amargo, mas não daria para perceber. O plano estava traçado. Quando Allerton subisse, eu estaria me servindo. Ofereceria esse copo para ele e serviria outro para mim. Tudo muito simples e natural.

Ele não deveria suspeitar de meus sentimentos. A não ser que Judith tivesse lhe contado. Considerei essa possibilidade por um tempo, mas cheguei à conclusão de que estava tudo certo. Judith nunca contava nada para ninguém.

Dificilmente ele imaginaria que eu sabia de seu propósito.

Só me restava esperar agora. Talvez esperasse uma ou duas horas até Allerton decidir dormir. O sujeito era notívago.

Fiquei lá, esperando.

Assustei-me com uma batida inesperada na porta. Era Curtiss. Poirot mandara me chamar.

Voltei a mim subitamente. Poirot! Não havia pensado nele a noite toda. Ele devia estar preocupado. Fiquei um pouco apreensivo. Primeiro, por ter estado distante, e segundo, não queria que ele suspeitasse de nada.

Acompanhei Curtiss pelo corredor.

– *Eh bien*! – exclamou Poirot. – Você me abandonou?

Forcei um bocejo e um sorriso de desculpa.

– Mil desculpas, querido amigo – falei. – Mas estava morrendo de dor de cabeça. Acho que é pela mudança de clima. A proximidade do temporal me deixou tão atordoado que acabei me esquecendo de que não vim lhe dar boa noite.

Como era de se esperar, Poirot mostrou-se imediatamente solícito. Ofereceu-me remédio, acusando-me de ter me exposto a corrente de ar (no dia mais quente do verão!). Recusei o remédio, dizendo que já tinha tomado, mas não tive como recusar uma xícara de chocolate quente, doce e enjoativo.

– É bom para acalmar – explicou Poirot.

Bebi para não discutir e, em seguida, ainda com as exclamações de Poirot na cabeça, dei boa noite e me retirei.

Voltei para o meu quarto e fechei a porta ruidosamente. Depois, abri uma fresta, com o maior cuidado, para ver quando Allerton subisse. Mas ele ainda ia demorar.

Fiquei lá esperando. Pensei na minha falecida esposa. Cheguei a prometer, baixinho: "Fique tranquila, querida, eu vou salvá-la".

Ela deixara Judith aos meus cuidados. Eu jamais a decepcionaria.

Naquele silêncio, senti, de repente, que Cinders estava muito perto de mim.

E em silêncio, continuei ali sentado, à espera.

Capítulo 13

I

Há sempre algo de degradante para a autoestima na descrição de um anticlímax.

Para falar a verdade, estava esperando Allerton e acabei pegando no sono!

Também pudera! Havia dormido muito mal na noite anterior e passado o dia inteiro fora. Estava exausto, devido a toda a apreensão e preocupação com o que decidira fazer. Como se não bastasse, havia aquele peso do clima. Talvez até o esforço de concentração tenha contribuído.

Bom. Mas aconteceu. Peguei no sono sentado na cadeira. Acordei com os passarinhos cantando do lado de fora, o sol já alto no céu, e eu ali, todo torto e desconfortável, com a roupa da noite anterior, um gosto horrível na boca e uma dor de cabeça lancinante.

Acordei assustado, incrédulo, frustrado e, finalmente, bastante aliviado.

Quem foi mesmo que escreveu "Até o dia mais escuro, no dia seguinte, já terá passado"? Era verdade! Agora eu via claramente como tinha sido irascível e perverso. Melodramático, perdendo todo o senso de proporção. Eu tinha, basicamente, planejado matar outro ser humano.

Meus olhos pousaram na garrafa de uísque à minha frente. Senti um frio na espinha. Levantei-me, abri a cortina e joguei o líquido pela janela. Eu devia estar louco na noite passada!

Fiz a barba, tomei um banho e me vesti. Depois, sentindo-me muito melhor, fui encontrar Poirot. Eu sabia que ele sempre acordava muito cedo. Sentei-me e confessei-lhe tudo.

Devo dizer que foi um grande alívio.

Ele sacudiu a cabeça.

– Que besteira tudo isso que você estava planejando. Fico feliz de que tenha vindo confessar seus pecados. Mas por quê, meu amigo, você não me contou nada ontem à noite?

Respondi sem graça:

– Fiquei com medo que você tentasse me impedir.

– Com certeza eu teria impedido. Você acha que o deixaria ser enforcado por causa de um pilantra desses?

– Talvez eu não fosse pego – argumentei. – Tomei todas as precauções necessárias.

– É o que todo criminoso pensa! Você pensou igual. Mas deixe-me que lhe diga, *mon ami*, você não é tão esperto quanto imagina.

– Tomei todas as precauções. Apaguei as impressões digitais do frasco de remédio.

– Exato. Também apagou as impressões digitais de Allerton. E quando ele é encontrado morto, o que acontece? Eles realizam uma autópsia e descobrem que ele morreu de uma overdose de Dormonil. Será que ele tomou por acidente ou de propósito? *Tiens*, as impressões digitais dele não estão no frasco. Mas por que não? Fosse acidente ou suicídio, ele não teria motivo nenhum para apagá-las. Aí, analisando os comprimidos restantes, eles descobrem que quase metade foi substituída por aspirina.

– Ora, quase todo mundo tem aspirina – objetei, sem convicção.

– Sim, mas não é todo mundo que tem uma filha sendo assediada por Allerton, para ser bem dramático.

E você teve uma discussão com ela sobre o assunto no dia anterior. Duas pessoas, Boyd Carrington e Norton, sabiam que você estava furioso com Allerton. Não, Hastings, o cenário não era favorável. A atenção logo recairia sobre você, e a essa altura você estaria com tanto medo, ou até remorso, que qualquer policial experiente chegaria à conclusão de que você era o culpado. É possível, inclusive, que alguém o tenha visto pegando as cápsulas.

– Impossível. Não havia ninguém por perto.

– Há uma varanda em frente às janelas. Alguém poderia estar ali, espiando. Ou bisbilhotando pela fechadura.

– Você tem obsessão com fechaduras, Poirot. As pessoas não vivem olhando pela fechadura como você pensa.

Poirot semicerrou os olhos e comentou que eu era confiante demais por natureza.

– E acontecem coisas muito estranhas com chaves nesta casa. Pessoalmente, gosto de trancar a porta por dentro, mesmo com Curtiss no quarto contíguo. Pouco tempo depois, vejo que minha chave sumiu! Tive de mandar fazer outra.

– Bom, de qualquer maneira – falei, com um suspiro de alívio, ainda me referindo aos meus problemas –, não aconteceu nada. É horrível constatar que uma pessoa pode chegar a esse ponto. – Baixei a voz: – Poirot, não acha que aquele assassinato que ocorreu aqui há tanto tempo possa ter contaminado o ar?

– Um vírus de assassinato? Bem, é uma sugestão interessante.

– As casas têm uma atmosfera própria – observei pensativo. – E esta casa tem uma história macabra.

Poirot concordou.

– Sim. Diversas pessoas aqui já desejaram a morte de alguém. Isso é verdade.

– Acho que essa atmosfera acaba tomando conta da pessoa. Mas agora me diga, Poirot, o que eu vou fazer com essa questão... de Judith e Allerton? Preciso impedir de alguma forma. O que você acha melhor eu fazer?

– Não faça nada – sugeriu Poirot, convicto.

– Ah, mas...

– Vá por mim. Você causará menos estrago se não interferir.

– Se eu atacasse Allerton...

– O que você pode dizer ou fazer? Judith já tem vinte e um anos e é dona de seu próprio nariz.

– Mas acho que eu poderia...

Poirot me interrompeu.

– Não, Hastings. Não pense que você é esperto e convincente o bastante para impor sua personalidade sobre os dois. Allerton está acostumado a lidar com pais revoltados e impotentes e provavelmente até se diverte com isso. Judith não é do tipo que se intimida facilmente. Meu conselho é que você faça algo muito diferente. Se eu fosse você, confiaria nela.

Fiquei olhando para ele.

– Judith – continuou – é uma menina muito boa. Admiro-a bastante.

– Também a admiro – declarei com voz insegura.

Poirot assentiu com a cabeça e disse, com súbita energia:

– Também temo por ela. Mas não pelo mesmo motivo que você. Tenho medo de algo lhe aconteça e eu não seja capaz de evitar. Os dias estão passando. O perigo está muito próximo, Hastings.

II

Eu sabia tão bem quanto Poirot que o perigo estava próximo. Tinha mais razões para saber do que ele, pelo que ouvira na noite anterior.

Não obstante, refleti naquela frase que Poirot disse antes de eu descer para o café da manhã: "Se eu fosse você, confiaria nela".

Foi um conselho inesperado, mas que me trouxe um certo conforto. Quase imediatamente, ele provou ser valioso. Porque Judith mudou de ideia em relação à viagem a Londres.

Ela acabou ficando com Franklin no laboratório como sempre. Deviam ter muito trabalho.

Senti-me bastante grato. Que louco e desesperado eu tinha sido! Julgara, convicto, que Judith aceitara a proposta indecente de Allerton. Mas, na verdade, refletindo depois, percebi que nunca a ouvi assentir. Não, ela era boa e inteligente demais para cair nessa. Ela recusara o encontro.

Allerton tomou café da manhã cedo e partiu para Ipswich. Mantivera o plano, achando que Judith iria para Londres conforme combinado.

"Será uma decepção", pensei com prazer.

Boyd Carrington apareceu com uma expressão preocupada e comentou a respeito da minha alegria.

– Sim, tive uma boa notícia – expliquei.

Não era o caso dele. Contou-me que recebera uma ligação do arquiteto avisando que estava tendo problemas com um inspetor local. Como se não bastasse, recebera cartas preocupantes. Isso sem falar no remorso que sentia por ter cansado a sra. Franklin no dia anterior.

A sra. Franklin compensava a recente melhora e estava impossível.

A enfermeira Craven teve de abrir mão do dia de folga prometido para visitar alguns amigos e não estava nada feliz com isso. Desde de manhã cedo, a sra. Franklin pedia muitas coisas, sem deixar a enfermeira sair do quarto. Além disso, estava com nevralgia, dor no peito, câimbras nos pés e nas pernas, calafrios e não sei mais o quê.

Devo dizer que nem eu nem ninguém estava muito preocupado. Atribuíamos tudo aquilo às tendências hipocondríacas da sra. Franklin.

Isso valia para a enfermeira Craven e o dr. Franklin também.

O dr. Franklin foi chamado no laboratório. Ouviu as queixas da esposa, perguntou se ela queria que ele ligasse para o médico, mas ela se opôs terminantemente. O dr. Franklin, então, preparou-lhe um sedativo, tranquilizou-a o melhor que pôde e voltou para o trabalho.

A enfermeira Craven me confidenciou:

– Ele sabe que é tudo cena.

– Acha realmente que ela não tem nada?

– A temperatura e o pulso estão perfeitamente normais. É drama.

A enfermeira estava aborrecida, e por isso falava de modo mais imprudente do que normalmente.

– Ela gosta de interferir na vida de quem está em paz. Quer preocupar o marido, me obriga a ficar o dia todo atrás dela, e até sir William acabou entrando no jogo, sentindo-se mal por ter "exigido demais dela ontem". Ela é desse tipo.

A enfermeira Craven estava visivelmente irritada. A sra. Franklin devia ter sido bastante grosseira com ela. Era o tipo de mulher normalmente odiada por enfermeiras e criados, não só pelo trabalho que dava, mas pela maneira como os tratava.

Por isso, como eu disse, ninguém levou a sério sua indisposição.

Com exceção de Boyd Carrington, que andava de um lado para o outro como um menino arrependido.

Remontei diversas vezes os acontecimentos daquele dia, tentando recordar algo até então ignorado, algum pequeno incidente, alguma sutileza no comportamento das pessoas.

Deixe-me descrever, mais uma vez, o que me lembro de cada um.

Boyd Carrington, como eu disse, estava se sentindo culpado e egoísta por ter se excedido no dia anterior e desconsiderado a frágil condição de saúde da amiga. Subiu ao quarto dela uma ou duas vezes para saber como ela estava, e a enfermeira Craven, que não estava nos seus melhores dias, tratou-o com certa rispidez. Boyd Carrington chegou a ir à aldeia comprar uma caixa de chocolate para a sra. Franklin. Em vão. "A sra. Franklin não pode comer chocolate".

Desconsolado, abriu a caixa para que Norton e eu nos servíssemos.

Norton, reparando agora, devia estar preocupado com alguma coisa naquela manhã. Com o olhar vago, franzia a testa de vez em quando, como se estivesse intrigado.

Dava para ver que adorava chocolate. Comeu vários, distraído.

Do lado de fora, o tempo mudara. Chovia desde as dez da manhã, mas sem a melancolia dos dias nublados. Na verdade, era um alívio para todos nós.

Poirot foi trazido por Curtiss mais ou menos ao meio-dia e instalara-se na sala de estar. Elizabeth Cole tocava piano para ele. Tinha as mãos bastante suaves, e executou Bach e Mozart, compositores favoritos do meu amigo.

Franklin e Judith chegaram um pouco antes da uma. Judith parecia exausta. Estava pálida. Olhou em volta, como em estado de sonho, e retirou-se. Franklin ficou conosco. Também parecia cansado e distante. Estavam os dois no limite.

Lembro-me que comentei alguma coisa sobre a tempestade que caía, e ele disse:

– Sim, às vezes *alguma coisa* tem que cair...

Evidentemente, ele não falava do tempo. Sempre estabanado, esbarrou na mesa e derrubou os chocolates. Com aquele jeito assustado que ele tinha, desculpou-se, aparentemente para a caixa.

– Ah, desculpe.

A cena devia ser engraçada, mas não foi. Franklin inclinou-se rapidamente e catou os chocolates espalhados no chão.

Norton perguntou-lhe se a manhã tinha sido cansativa.

Nesse momento, Franklin sorriu, com ar de menino.

– Não. Não. Só cheguei à conclusão, de repente, que estava no caminho errado. O processo é muito mais simples. Podemos pegar um atalho agora.

Levantou-se equilibrando-se sobre os pés, com os olhos distantes, mas decididos.

– Sim, um atalho. É o melhor caminho.

III

Estávamos todos nervosos e meio perdidos de manhã, mas a tarde foi inesperadamente agradável. O sol saiu, e o frio era ameno. Trouxeram a sra. Luttrell para o andar de baixo e a colocaram na varanda. Ela estava ótima, exercendo seu encanto com menos afetação do que de costume e sem aqueles comentários ácidos. Censurou o marido, mas com delicadeza, e ele sorria para ela. Era realmente um prazer vê-los em paz um com o outro.

Poirot permitiu-se ficar do lado de fora e também estava de bom humor. Acho que gostava de ver os Luttrell de bem. O coronel parecia até mais jovem. Estava menos vacilante, mexia menos no bigode. Chegou a sugerir uma partida de bridge à noite.

– A Daisy está sentindo falta do bridge.

– Estou mesmo – confirmou a sra. Luttrell.

Norton perguntou se não seria cansativo para ela.

– Jogo uma partida só – disse a sra. Luttrell. – E prometo me comportar, sem maltratar muito o coitado do George – acrescentou, piscando o olho.

– Sei que sou um péssimo jogador, querida – admitiu o marido.

– E daí? – disse a sra. Luttrell. – E o meu prazer em perturbá-lo?

Todo mundo riu. A sra. Luttrell continuou:

– Sei dos meus defeitos, mas não vou abrir mão deles. O George que me aguente.

O coronel Luttrell olhou-a com ar fátuo.

Acho que aquela paz entre o casal foi o que levou à discussão sobre casamento e divórcio mais tarde naquele dia.

Os homens e as mulheres eram mais felizes pela possibilidade de divórcio ou será que um período temporário de atrito e afastamento – ou problemas relacionados a uma terceira pessoa – dava lugar, depois de um tempo, à reconciliação?

É curioso constatar como nossa opinião muitas vezes diverge de nossa experiência.

Eu, por exemplo, tive um casamento muito feliz e sou uma pessoa relativamente antiquada, mas sempre defendi a prática do divórcio: cortar os laços e começar algo novo. Boyd Carrington, cujo matrimônio havia fracassado, prezava pela instituição do casamento, pugnando por sua indissolubilidade. Era a fundação do Estado, dizia.

Norton, sem laços nem experiência, pensava como eu. Franklin, o moderno pensador científico, por mais estranho que possa parecer, era contra o divórcio, pois este se opunha a seu ideal de pensamento e ação. A pessoa assume certas responsabilidades, as quais deve fazer valer. Um contrato é um contrato, disse. Comprometemo-nos por livre e espontânea vontade e devemos, portanto, arcar com nossas decisões. Qualquer outra opção resulta no que ele chamava de "confusão". Assuntos pendentes, laços mal desatados.

Recostando-se na cadeira, estendeu as pernas e declarou:

– Um homem escolhe sua esposa, que passa a ser sua responsabilidade até um dos dois morrer.

Norton comentou, de maneira cômica:

– Bendita morte, às vezes, não?

Rimos.

Boyd Carrington observou:

– Você nem deveria falar, meu chapa. Você nunca casou!

Balançando a cabeça, Norton replicou:

– E agora é tarde demais.

– Tem certeza? – perguntou Boyd Carrington, com olhar inquisidor.

Nesse momento, Elizabeth Cole juntou-se a nós. Estava antes com a sra. Franklin.

Será que foi impressão minha ou Boyd Carrington apontou-a com o olhar para Norton, que ficou vermelho por causa disso?

Fiquei com essa ideia na cabeça e passei a reparar em Elizabeth Cole. Ainda era uma mulher relativamente jovem (e bela). Na verdade, uma pessoa adorável, capaz de fazer qualquer homem feliz. E ela e Norton haviam passado um bom tempo juntos. Na caça a flores silvestres e pássaros, ficaram amigos. Lembrei-me de como ela se referira à sua amabilidade.

Bem, se assim fosse, ficaria feliz por ela. A infância de pobreza e fome não atrapalharia sua felicidade derradeira. A tragédia que destruíra sua vida não teria sido em vão. Olhando para ela agora, percebi que ela estava muito mais feliz – sim, feliz – do que quando cheguei em Styles.

Elizabeth Cole e Norton. Sim, podia ser.

E de repente, fui invadido por um vago sentimento de intranquilidade. Não era seguro, não era certo, planejar felicidade aqui. Havia algo de maligno no ar de Styles. Senti isso nesse momento. Como se estivesse subitamente cansado e velho. Sim, e com medo.

Um minuto depois essa sensação desapareceu. Ninguém parece ter percebido, exceto Boyd Carrington, que me perguntou, baixinho:

– Aconteceu alguma coisa, Hastings?

– Não. Por quê?

– É que você parecia... Não sei explicar.

– Só uma sensação. Fiquei apreensivo.

– Alguma premonição negativa?

– Sim. Podemos chamar assim. Uma sensação de que algo vai acontecer.

– Curioso. Já tive isso uma ou duas vezes. Alguma ideia do que seja?

Ele me olhava atentamente.

Respondi que não com a cabeça. Realmente não tinha ideia do que era. Senti apenas uma onda de medo e angústia profunda.

Judith apareceu, vindo de casa. Veio caminhando lentamente, com a cabeça erguida, os lábios cerrados e o rosto grave e belo.

Reparei como era diferente de mim e de Cinders. Parecia uma jovem sacerdotisa. Norton deve ter pensado o mesmo, porque comentou:

– Você se parece com a Judith da época de Nabucodonosor antes de cortar a cabeça de Holofernes.

Judith sorriu e ergueu as sobrancelhas.

– Não me lembro por que ela fez isso.

– Ora, por um motivo estritamente moral: pelo bem da sociedade.

A leve ironia do comentário perturbou Judith, que corou e foi se sentar ao lado de Franklin.

– A sra. Franklin está se sentindo muito melhor. Convidou todo mundo para tomar um café com ela hoje à noite – anunciou.

IV

Não havia dúvida de que a sra. Franklin era de lua, pensei quando subíamos para o seu quarto depois do jantar. Importunou a vida de todo mundo o dia inteiro, e agora era a mais doce das criaturas.

Estava com um *négligé* verde-água, estirada em sua poltrona reclinável. A seu lado, a mesa do café estava posta. Era uma mesa giratória, com livros embaixo. Seus dedos, brancos e ágeis, lidavam com o ritual de preparo do café, não sem uma ajudinha da enfermeira Craven. Estávamos todos lá, exceto Poirot, que sempre se retirava antes do jantar, Allerton, que não tinha voltado de Ipswisch, e os Luttrell, que ficaram no andar de baixo.

O café exalava um aroma delicioso. Como o café de Styles de café só tinha o nome, mais parecendo água suja, estávamos todos ansiosos para tomar o café da sra. Franklin, de outra procedência.

Franklin sentara-se no outro lado da mesa e ia passando as xícaras que a mulher servia. Boyd Carrington ficou ao lado do sofá, Elizabeth Cole e Norton foram para perto da janela. A enfermeira Craven estava junto à cabeceira da cama. Eu me sentei numa poltrona, entretido com as palavras cruzadas da *Times*.

– "Amor sem compromisso ou risco envolvendo terceiros" – li em voz alta. – Seis letras.

– Deve ser um anagrama – sugeriu Franklin.

Pensamos por um minuto. Continuei:

– "Aquele que atua, hortelã, algia".

– Atormentador – respondeu Boyd Carrington rapidamente.

– "Citação: 'E o eco, ao que perguntares, responderá'" espaço. "Tennyson". Cinco letras.

– "Aonde" – opinou a sra. Franklin. – Com certeza. "E o eco responderá: 'aonde?'"

Fiquei na dúvida.

– Nesse caso, outra palavra teria que terminar com "n".

– Ué, muitas palavras terminam com "N". "Elétron", "próton", "nêutron", "hífen".

Elizabeth Cole disse da janela:

– A frase de Tennyson é: "E o eco, ao que perguntares, responderá morte".

Ouvi um sobressalto atrás de mim. Olhei para cima. Era Judith. Ela foi até a janela e saiu para a varanda.

– "Amor sem compromisso" não pode ser um anagrama. A segunda letra é "M".

– O que diz aí mesmo?

– "Amor sem compromisso ou risco envolvendo terceiros". Espaço, M, mais quatro espaços.

– Amante – disse Boyd Carrington.

Ouvi o som da colher de Barbara Franklin no pires. Passei para a próxima palavra.

– "O ciúme é um mostro de olhos verdes", disse essa pessoa.

– Shakespeare – respondeu Boyd Carrington.

– Otelo ou Emília – sugeriu a sra. Franklin.

– Longo demais. Quatro letras.

– Iago.

– Tenho *certeza* de que foi Otelo.

– Não foi mesmo. Romeu disse isso para Julieta.

Cada um deu sua opinião. De repente, da varanda, Judith exclamou:

– Uma estrela cadente! Oh! Outra ali!

– Onde? – perguntou Boyd Carrington. – Precisamos fazer um pedido.

Foi para a varanda, juntando-se a Elizabeth Cole, Norton e Judith. A enfermeira Craven saiu também. Franklin levantou-se e foi até lá. Ficaram contemplando o céu, soltando exclamações.

Permaneci envolvido com as palavras cruzadas. Para que ver uma estrela cadente? Eu não tinha nenhum pedido para fazer...

De repente, Boyd Carrington entrou de volta no quarto.

– Barbara, você precisa vir aqui fora.

A sra. Franklin respondeu secamente:

– Não dá. Estou muito cansada.

– Bobeira, Babs. Venha e faça um pedido! – insistiu, rindo. – Não reclame. Eu a carrego.

Inclinando-se rapidamente, pegou-a nos braços.

– Bill, ponha-me no chão – protestou a sra. Franklin. – Não seja bobo.

– As meninas precisam sair e fazer um pedido.

Boyd Carrington levou-a carregada até a varanda.

Inclinei-me sobre a revista. Porque me vinham lembranças... Uma linda noite tropical, sapos coaxando, e estrelas cadentes. Eu estava na janela, virei-me e carreguei Cinders nos meus braços para ver as estrelas e fazer um pedido...

As linhas das palavras cruzadas ficaram embaçadas.

Uma pessoa entrou no quarto. Era Judith.

Não queria que ela me visse com lágrimas nos olhos. Girei a mesa, fingindo que estava procurando um livro. Acabei encontrando uma antiga edição de um livro de Shakespeare. *Otelo.*

– O que você está fazendo, pai?

Comentei alguma coisa a respeito das palavras cruzadas, folheando o livro. Sim, foi Iago.

"Acautele-se, meu senhor, contra o ciúme.
É ele o monstro de olhos verdes que zomba
da carne com que se alimenta."

Judith continuou:

"Nem papoula, nem mandrágora,
nem todos os soporíficos do mundo poderão restituir-te
o suave sono que ontem dormiste."

Sua voz era bela e profunda.

Os outros voltaram da varanda, conversando e rindo. A sra. Franklin retomou seu lugar na poltrona, Franklin voltou a seu posto e mexeu o café. Norton e Elizabeth Cole terminaram os seus e desculparam-se por terem de retirar-se. Haviam prometido jogar bridge com os Luttrell.

A sra. Franklin tomou o café e pediu suas "balas". Judith foi pegar os comprimidos no banheiro, já que a enfermeira Craven tinha acabado de sair.

Franklin andava de um lado para o outro no quarto. Esbarrou numa mesa.

– Deixe de ser estabanado, John – censurou a mulher.

– Desculpe, Barbara. Eu estava pensando numa coisa.

– Você é grande demais, não é, querido?

Ele olhou para ela, distraído.

– A noite está linda. Acho que vou dar uma volta – disse.

E saiu.

A sra. Franklin comentou:

– Ele é mesmo um gênio. Dá para ver pelo jeito. Admiro-o muito. Ama tanto o que faz!

– Sim, sim, um homem muito inteligente – concordou Boyd Carrington, mecanicamente.

Judith saiu de repente do quarto, quase se chocando com a enfermeira Craven, que vinha na direção contrária.

Boyd Carrington propôs:

– Que tal um joguinho de cartas, Babs?

– Ótimo! Você consegue o baralho, enfermeira?

A enfermeira Craven foi pegar as cartas. Desejei boa noite à sra. Franklin e agradeci pelo café.

Do lado de fora, deparei-me com Franklin e Judith. Eles estavam calados, um do lado do outro, contemplando a noite.

Franklin olhou por sobre o ombro quando me aproximei. Ele hesitou e disse:

– Quer dar uma volta, Judith?

– Hoje à noite, não – respondeu minha filha. – Vou para a cama. Boa noite.

Desci com Franklin. Ouvi-o assobiar baixinho, sorridente.

– Você parece feliz hoje – comentei, com certo mau humor, porque me sentia péssimo.

– Sim – confirmou ele. – Consegui fazer uma coisa que queria fazer há muito tempo. Fiquei muito satisfeito.

Separei-me dele no andar de baixo e fui ver um pouco a partida de bridge. Norton piscou para mim num momento em que a sra. Luttrell não estava olhando. A partida parecia decorrer com uma harmonia extraordinária.

Allerton ainda não tinha voltado. Tive a impressão de que a casa estava mais feliz e menos opressiva sem a sua presença.

Fui até o quarto de Poirot. Judith estava lá. Sorriu quando entrei e não falou nada.

– Ela o perdoou, *mon ami* – disse Poirot. Um comentário deveras ultrajante.

– Olhe, eu não acho...

Judith levantou-se, passou o braço em torno do meu pescoço e beijou-me.

– Paizinho, o tio Hercule *não* deveria atacar sua dignidade. *Eu* é que preciso ser perdoada. Perdoe-me e boa noite.

Não sei muito bem por quê, mas falei:

– Desculpe-me, Judith. Eu não queria...

Ela me interrompeu.

– Tudo bem. Vamos esquecer esse assunto. Está tudo bem agora – disse, sorrindo lentamente. – Está tudo bem agora... – repetiu e saiu do quarto sem fazer barulho.

Poirot olhou para mim.

– E aí? O que aconteceu esta noite?

– Nada. Nem deve acontecer – respondi, de mãos abanando.

Em realidade, eu estava completamente enganado. Porque acabou acontecendo algo naquela noite. A sra. Franklin piorou consideravelmente. Dois outros médicos foram chamados, mas não adiantou. Ela veio a falecer na manhã seguinte.

Só vinte e quatro horas depois é que ficamos sabendo que sua morte foi causada por envenenamento com fisostigmina.

Capítulo 14

I

O inquérito aconteceu dois dias depois. Era a segunda vez que eu participava de um inquérito judicial naquele lugar.

O investigador era um sujeito de meia-idade, com olhar arguto e uma forma de falar bastante seca.

Primeiro foram consideradas as provas médico-legais. A autópsia confirmara que a morte tinha sido causada por envenenamento com fisostigmina, e outros alcaloides de Calabar também foram encontrados. O veneno devia ter sido ingerido naquela noite, entre sete e meia-noite. O médico-legista da polícia e seu assistente recusaram-se a dar mais detalhes.

A próxima testemunha foi o dr. Franklin, que deixou uma boa impressão em todos. Seu depoimento foi claro e direto. Após a morte da esposa, foi ao laboratório verificar suas soluções, descobrindo que um certo frasco, que deveria conter um forte soluto de alcaloides da semente de Calabar utilizado nas experiências, havia sido preenchido com água, restando ainda um pouco da solução original. Não sabia ao certo quando aquilo poderia ter sucedido, já que não usava aquela solução há alguns dias.

A questão do acesso ao laboratório foi trazida à baila. O dr. Franklin informou que o laboratório geralmente ficava trancado, e que a chave ficava com ele. Sua assistente, a srta. Hastings, tinha uma cópia da chave.

Quem quisesse entrar no laboratório teria que pegar a chave com ele ou com a assistente. Sua esposa pedia-lhe a chave ocasionalmente, para pegar alguma coisa que esquecera lá. Pessoalmente, o dr. Franklin nunca levara qualquer solução de fisostigmina para casa ou para o quarto da mulher, e considerava improvável que ela tivesse levado por acaso.

Interrogado posteriormente pelo investigador, Franklin declarou que sua mulher não estava muito bem. Não estava doente, mas sofria de distúrbios de ansiedade e de humor.

Ultimamente, melhorara, demonstrando novo ânimo e disposição. Eles não brigavam havia um tempo, e vinham se dando bastante bem. Na noite anterior, sua mulher estava de ótimo humor, sem nenhum traço de melancolia.

O dr. Franklin confessou que a esposa já falara em suicídio, mas ele nunca dera muita importância às suas palavras. Ela não era do tipo suicida, concluiu. Era sua opinião médica e pessoal.

A enfermeira Craven foi a próxima a ser interrogada. Parecia esperta e eficiente naquele uniforme. Suas respostas foram concisas e profissionais. Cuidava da sra. Franklin há dois meses. A sra. Franklin sofria de depressão. Havia quem pudesse confirmar que ela dissera, pelo menos três vezes, que desejava "acabar com tudo", que sua vida era inútil e que ela não passava de um peso para o marido.

– Por que ela disse isso? Houve alguma discussão entre eles?

– Não. Mas ela sabia que o marido tinha recebido uma proposta para trabalhar fora do país. Ele recusou para não abandoná-la.

– E ela se sentia mal por causa disso.

– Sim. Colocava a culpa em seu estado de saúde e ficava abalada.

– O dr. Franklin sabia disso?

– Não acho que ela tenha dito para ele.

– Mas ela tinha surtos de depressão.

– Isso sim.

– Ela chegou a mencionar alguma vez que ia cometer suicídio?

– Dizia "quero acabar com tudo".

– Nunca comentou sobre o método que pretendia utilizar.

– Não. Falava de maneira bastante vaga.

– Havia algum motivo para ela estar deprimida ultimamente?

– Não. Ela estava bem.

– Confirma a declaração do dr. Franklin, de que ela estava de bom humor na noite em que morreu?

A enfermeira Craven hesitou.

– Bem. Estava animada. Teve um dia difícil. Reclamou de dor e tontura. Parecia ter melhorado à noite, mas aquele ânimo parecia um pouco artificial.

– Chegou a ver qualquer frasco ou recipiente que pudesse conter o veneno?

– Não.

– O que ela comeu e bebeu?

– Jantou sopa, escalope, ervilha, purê de batata e torta de cereja de sobremesa. Acompanhou a refeição com uma taça de vinho de Borgonha.

– De onde veio esse vinho?

– Havia uma garrafa no quarto dela. Chegou a sobrar vinho na garrafa, mas acho que já foi analisado, e não encontraram nada suspeito.

– Ela poderia ter colocado o veneno na taça sem que você visse?

– Sim, facilmente. Eu estava arrumando as coisas no quarto, andando de um lado para o outro. Não estava prestando atenção nela. Havia uma pequena caixa e uma bolsa ao seu lado. Ela pode ter colocado qualquer coisa no vinho ou, mais tarde, no café ou no leite que tomou antes de deitar.

– Tem alguma ideia do que ela teria feito com o frasco de veneno, nesse caso?

A enfermeira Craven ficou pensando.

– Bem, ela poderia ter jogado o frasco pela janela. Ou na lata de lixo. Talvez até lavado o vidro e colocado de volta na prateleira de remédios. Há vários frascos vazios lá. Eu os guardo porque eles são muito úteis.

– Quando viu a sra. Franklin pela última vez?

– Às dez e meia. Preparei-a para dormir. Ela tomou um copo de leite quente e pediu uma aspirina.

– Como ela estava nesse momento?

A testemunha considerou um minuto.

– Na verdade, estava como sempre... Aliás, parecia um pouco apreensiva.

– Não deprimida?

– Não. Mais tensa, por assim dizer. Mas se vocês estão pensando em suicídio, ela talvez ficasse assim, orgulhosa e apreensiva.

– Considerava-a uma pessoa capaz de tirar a própria vida?

Fez-se uma pausa. A enfermeira Craven parecia refletir.

– Bem – disse, depois de um tempo –, sim e não. No todo, sim. Ela era uma mulher bastante instável.

Sir William Boyd Carrington foi o próximo. Parecia realmente perturbado, mas prestou seu depoimento com bastante clareza.

Havia jogado carta com a sra. Franklin na noite de sua morte. Não notara nenhum sinal de depressão, mas alguns dias antes a sra. Franklin comentara sobre a ideia de acabar com a própria vida. Era uma mulher bastante solidária e estava convencida de que se tornara um entrave na carreira do marido, o qual prezava sobremaneira, apostando em seu futuro. Às vezes ficava deprimidíssima com sua própria saúde.

Judith foi chamada, mas não tinha muito a dizer.

Não sabia nada sobre o desaparecimento da fisostigmina. Na noite da tragédia, a sra. Franklin estava igual a sempre, declarou, talvez um pouco mais agitada. Nunca a ouvira falar em suicídio.

A última testemunha foi Hercule Poirot. Seu depoimento foi bastante enfático, causando grande impacto. Poirot descreveu uma conversa que tivera com a sra. Franklin no dia anterior a seu falecimento. Ela estava bastante deprimida e expressara diversas vezes o desejo de se ver livre de tudo. Preocupava-se com seu estado de saúde e confidenciara a Poirot que sentia, de vez em quando, uma profunda melancolia, sem conseguir enxergar motivo para viver. Nesses momentos, pensava que seria maravilhoso dormir e nunca mais acordar.

As respostas seguintes de Poirot causaram grande comoção.

– Na manhã do dia 10 de junho, o senhor esteve sentado em frente ao laboratório?

– Sim, estive.

– O senhor viu a sra. Franklin saindo de lá.

– Vi.

– Ela carregava alguma coisa?

– Segurava um pequeno frasco na mão direita.

– Tem certeza disso?

– Sim.

– Ela mostrou algum constrangimento em vê-lo?

– Parecia assustada. Só isso.

O investigador sumariou os depoimentos, observando que precisavam chegar a um consenso em relação a como a falecida morrera. A causa da morte era conhecida: a sra. Franklin morreu envenenada com sulfato de fisostigmina. Só faltava determinar se o veneno foi ingerido de propósito ou acidentalmente. Outra possibilidade era que a droga tivesse sido administrada por outra pessoa. Além disso, constava que a falecida costumava ter episódios de melancolia, que seu estado de saúde não era bom e que, embora não estivesse doente, sofria de tensão nervosa. O sr. Hercule Poirot, testemunha importante, afirmou que a viu saindo do laboratório com um frasco na mão e que ela se assustou ao vê-lo. Era possível que chegassem à conclusão de que a sra. Franklin pegou o frasco de veneno no laboratório com a intenção de se matar, pois ela estava convencida de que era um estorvo para o marido. O dr. Franklin limitou-se a declarar que era um marido cuidadoso e que jamais demonstrara qualquer tipo de descontentamento em relação à fragilidade da esposa. Nunca disse que ela atrapalhava seu trabalho. Era uma obsessão dela. Algumas mulheres em estado de tensão nervosa apresentam esse sintoma de ideias fixas. Não havia provas concludentes sobre o horário do envenenamento, nem informações sobre sua forma de administração. Era um pouco estranho que o frasco que continha o veneno tivesse desaparecido, mas admitia-se a hipótese, sugerida pela enfermeira Craven, de que a sra. Franklin o tivesse lavado e colocado de volta na prateleira do banheiro, de onde o retirara. Cumpria ao júri chegar a um veredito.

O júri chegou à conclusão de que a sra. Franklin cometera suicídio, num momento de instabilidade mental.

II

Meia hora depois, eu estava no quarto de Poirot. Ele parecia bastante exausto. Curtiss o colocara na cama e ministrava-lhe um estimulante.

Estava ansioso para falar, mas precisava me conter até o criado terminar e sair do quarto.

Quando ele saiu, perguntei:

– É verdade, Poirot, o que você disse? Que você viu um frasco na mão da sra. Franklin quando ela saiu do laboratório?

Um sorriso sutil se fez notar nos lábios azulados de Poirot.

– Você não viu, meu amigo? – perguntou ele.

– Não, não vi.

– Mas talvez não tenha notado, certo?

– Talvez não. Na realidade, não posso jurar que ela não o trazia. – Fiquei olhando para ele, desconfiado. – A questão é: você está falando a verdade?

– Você acha que eu mentiria, meu amigo?

– Não me surpreenderia.

– Hastings, às vezes você me choca. Onde está sua fé?

– Bem. Não acredito que você fosse capaz de cometer perjúrio.

Poirot disse, calmamente:

– Não seria perjúrio. Eu não estava sob juramento.

– Então foi uma mentira?

– O que eu disse, *mon ami*, está dito. Não adianta discutir.

– Eu simplesmente não o entendo! – exclamei.

– O que você não entende?

– Seu depoimento. Toda aquela história de ter ouvido a sra. Franklin falar de suicídio, de depressão.

– *Enfin*, você mesmo já a ouviu.

– Sim, mas ela era de lua. Você não deixou isso claro.

– Talvez não quisesse deixar.

Fitei-o, perplexo.

– Você *queria* que o veredito fosse suicídio?

Poirot fez uma pausa antes de responder.

– Parece-me, Hastings, que você não percebe a gravidade da situação. Sim, se você prefere colocar deste modo, eu queria que o veredito fosse suicídio sim...

– Mas você acha que ela cometeu suicídio mesmo?

Poirot respondeu que não com a cabeça.

– Acha que ela foi assassinada?

– Sim, Hastings, ela foi assassinada.

– Então por que abafar o caso e deixar que julguem como suicídio? Não haverá mais inquérito.

– Exatamente.

– Você deseja isso?

– Sim.

– Mas *por quê*?

– É concebível que você não veja? Não importa. Não vamos entrar nisso. Você precisar acreditar em mim. *Foi* assassinato. Um crime premeditado. Eu avisei, Hastings, que seria cometido um crime e que dificilmente conseguiríamos evitá-lo. Porque o assassino é determinado e implacável.

Estremeci.

– E agora? – perguntei.

Poirot sorriu.

– O caso está solucionado: suicídio. Mas você e eu, Hastings, continuaremos investigando, sem ninguém saber. Mais cedo ou mais tarde, *pegamos X*.

– E suponhamos que, nesse meio-tempo, alguém seja assassinado.

– Isso não deve acontecer – disse Poirot. – A menos que alguém tenha visto algo ou saiba de algo. Mas, nesse caso, a pessoa se pronunciaria.

Capítulo 15

I

Minhas lembranças são bastante vagas em relação ao que aconteceu nos dias seguintes ao inquérito sobre a morte da sra. Franklin. Houve, é claro, o funeral, que atraiu um grande número de curiosos de Styles St. Mary. Foi nessa ocasião que fui abordado por uma senhora de olhos remelentos e postura repulsiva.

Ela veio falar comigo quando saíamos do cemitério.

– Já o vi antes, não?

– Possivelmente.

A velha continuou, sem me ouvir.

– Há mais de vinte anos. Quando aquela senhora morreu. Foi o primeiro assassinato que tivemos em Styles. E não será o último. A velha sra. Inglethorp. Assassinada pelo marido. Foi o que todos disseram. Tínhamos certeza. – Olhou-me de soslaio e disse: – Talvez seja o marido desta vez também.

– Como assim? – perguntei com certa rispidez. – A senhora não ouviu que o veredito foi suicídio?

– Isso foi o que o investigador disse. Mas ele pode ter se enganado, não acha? – cutucou-me. – Os médicos sabem como se livrar da esposa. E parece que ela não era muito delicada com o marido.

Olhei-a furioso, e ela se afastou, murmurando que não queria insinuar nada, mas lhe parecia estranho que aquilo estivesse acontecendo pela segunda vez.

– E não é estranho que o senhor tenha estado presente nos dois casos?

Por um momento, tive a impressão de que ela desconfiava de mim. Uma situação bastante desconfortável. O poder da suspeita local.

Que não estava muito longe da verdade, porque alguém tinha matado a sra. Franklin.

Como eu disse, lembro-me muito pouco daqueles dias. Sei que estava cada vez mais preocupado com a saúde de Poirot. Curtiss viera me contar, com o rosto impassível ligeiramente perturbado, que Poirot tivera outro ataque do coração.

– Acho que ele deveria consultar um médico.

Fui falar com Poirot o mais rápido possível, mas ele recusou minha sugestão, resoluto. Achei estranho. Ele sempre fora tão cuidadoso com a saúde! Evitava correntes de ar, enrolava o pescoço com cachecóis de seda e lã, tinha horror de ficar com os pés úmidos e metia-se na cama ao primeiro sinal de resfriado, medindo a temperatura. "É que pode acabar virando *fluxion de poitrine*!"* Mesmo em casos de pequena importância, ele já ia logo procurar um médico.

Agora que estava realmente doente parecia fazer o contrário.

Talvez, porém, esse fosse o verdadeiro motivo. As outras indisposições tinham sido insignificantes. Agora que era sério, talvez temesse admitir a gravidade de seu estado. Fazia pouco caso da saúde porque tinha medo.

Respondeu meus protestos com energia e pessimismo.

– Ah, mas já consultei muitos médicos. Não foi só um não. Fui no Fulano e no Sicrano [disse o nome de

*Pneumonia. (N.T.)

dois especialistas], e sabe o que eles fizeram? Mandaram--me para o Egito, onde piorei. Fui também no R...

R. era um cardiologista. Perguntei imediatamente:

– E o que ele disse?

Poirot me olhou de lado, e eu fiquei preocupado.

– Fez tudo o que podia fazer por mim – respondeu tranquilo. – Estou com meus remédios aqui, se precisar, e já estou medicado. Fora isso, não há mais nada a fazer. Por isso, Hastings, não adianta chamar mais médicos. A máquina vai envelhecendo, *mon ami*. Infelizmente, não dá para colocar um motor novo numa carroceria velha e sair por aí como um carro de corrida.

– Mas deve haver algum jeito, Poirot. Curtiss...

– Curtiss? – repetiu Poirot, irônico.

– Sim, ele veio falar comigo. Estava preocupado. Você teve um ataque...

– Sim, sim. Esses ataques, às vezes, são difíceis de presenciar. Acho que Curtiss não está acostumado com ataques do coração.

– Não quer mesmo consultar um médico?

– Não vai adiantar, meu amigo.

Ele falava com muita calma, mas convicto. E, de novo, senti um aperto no peito. Poirot sorriu e disse:

– Este será meu último caso, Hastings. Será também o caso mais interessante, do ponto de vista criminal. Porque X utiliza uma técnica magnífica, soberba, digna de admiração. Até agora, *mon cher*, esse X agiu com tanta habilidade que derrotou a mim, Hercule Poirot! Planejou um ataque para o qual não consigo achar resposta.

– Se você estivesse em boas condições de saúde... – comecei, em tom confortador, mas aparentemente falei besteira, porque Poirot ficou furioso.

– Quantas vezes preciso lhe dizer que não precisa esforço *físico*? A pessoa só precisa pensar.

– Claro... Isso você pode fazer bem.

– Bem? Primorosamente, você quer dizer! Minhas pernas estão paralisadas, meu coração me atraiçoa, mas meu cérebro, Hastings, meu cérebro funciona perfeitamente. Ainda é um cérebro ímpar!

– Isso é ótimo – falei, para ele se acalmar.

Mas, ao descer as escadas, concluí que o cérebro de Poirot não estava tão ágil como sempre. Primeiro, o acidente da sra. Luttrell, que escapou por pouco, depois, a morte da sra. Franklin. E o que nós estávamos fazendo ali? Praticamente nada.

II

Foi no dia seguinte que Poirot me disse:

– Você me sugeriu consultar um médico, Hastings.

– Sim – confirmei esperançoso. – Ficaria muito feliz se você fizesse isso.

– *Eh bien*, eu aceito a sugestão. Consultarei Franklin.

– Franklin? – estranhei.

– Ora, ele é médico, não?

– Sim. Mas está mais dedicado a pesquisas.

– É verdade. Não seria um grande clínico geral, porque não tem muita experiência com pacientes. Mas tem as qualificações necessárias. Aliás, diria que "ele manja do assunto mais do que a maioria", como dizem nos filmes.

Não me convenceu. Apesar de não duvidar da capacidade de Franklin, ele sempre me pareceu impaciente e indiferente às aflições humanas. Uma postura admirável para um pesquisador, talvez, mas não indicada para atender pacientes.

De qualquer maneira, era um milagre que Poirot tivesse aceitado consultar um médico, e como seu médico não estava presente, Franklin concordou em examiná-lo, com a condição de que chamassem um clínico geral da região se fosse necessário.

Franklin passou muito tempo com Poirot.

Quando saiu, eu o esperava. Conduzi-o ao meu quarto e fechei a porta.

– E aí? – perguntei ansioso.

Franklin respondeu:

– É um homem notável.

– Sim, isso eu sei. Mas e a saúde?

– Ah, a saúde? – perguntou, aparentemente surpreso, como se eu tivesse feito uma pergunta irrelevante. – Está péssima, evidentemente.

Não era uma forma muito profissional de se expressar. E isso que Franklin foi um dos alunos mais brilhantes de sua época, segundo Judith.

– Péssima como? – insisti.

– Quer mesmo saber?

– Claro.

Ele me contou quase que imediatamente.

– As pessoas, de um modo geral, não querem saber. Preferem algo que as tranquilize. Desejam ter esperança. Precisam de segurança. E, claro, sempre existe a possibilidade de uma recuperação inesperada. No caso de Poirot, não.

– Quer dizer que...

Senti de novo aquele nó no peito.

Franklin assentiu com a cabeça.

– Sim, pode acontecer a qualquer momento. Em breve, eu diria. Não teria lhe contado se ele não tivesse autorizado.

– Então ele sabe.

– Sabe. O coração dele pode parar de uma hora para a outra. Não temos como saber exatamente *quando*.

Fez uma pausa e depois comentou:

– Pelo que ele disse, imagino que precise terminar alguma coisa antes, uma missão que assumiu, segundo suas palavras. Sabe algo a respeito?

– Sim – respondi.

Franklin me olhou curioso.

– Ele precisa terminar um trabalho.

– Compreendo.

Fiquei me perguntando se John Franklin tinha alguma noção de que trabalho era.

– Espero que consiga – falou Franklin. – Pelo que deu a entender, parece ser algo muito importante para ele. – Fez uma pausa e acrescentou: – Poirot tem uma mente metódica.

Perguntei, apreensivo:

– Não há nada que se possa fazer, algum tratamento?

– Não. Ele tem ampolas de nitrato amílico para utilizar quando sentir que vai ter um ataque.

Nesse momento, ele disse algo curioso.

– Ele tem um grande respeito pela vida humana, não?

– Sim, acho que sim.

Quantas vezes ouvira Poirot dizer: "Não aprovo o homicídio". Essa declaração óbvia, feita de modo tão recatado, sempre me intrigou.

– Essa é a diferença entre nós – continuou Franklin. – *Eu* não tenho...!

Fitei-o com curiosidade. Ele inclinou a cabeça, sorrindo.

– É verdade. Se vamos morrer de qualquer maneira, que diferença faz se morremos hoje ou amanhã?

– Então por que você se tornou médico? – perguntei um pouco indignado.

– Ah, meu caro, a medicina não serve somente para evitar o fim derradeiro. Ela é muito mais do que isso.

Seu objetivo é melhorar a *vida*. Se um sujeito saudável morre, não importa muito. Se um cretino morre, é bom. Mas se pudermos transformá-lo num indivíduo normal, saudável, tratando sua deficiência na tireoide... Isso sim, parece-me maravilhoso.

Olhei para ele com mais interesse. Ainda sentia que não seria o dr. Franklin o médico que eu consultaria se precisasse, mas tive de me render à sinceridade e à força daquele sujeito. Ele havia mudado desde a morte da esposa. Demonstrara poucos sinais de luto. Ao contrário, parecia mais vivo, menos distraído e cheio de energia.

Comentou abruptamente, interrompendo minhas reflexões:

– Você e Judith não são muito parecidos.

– Não. Acho que não.

– Ela puxou à mãe?

Pensei um pouco.

– Não muito. Minha mulher era uma pessoa alegre, risonha. Não levava nada muito a sério e tentava me influenciar nesse sentido, sem muito sucesso, devo confessar.

Ele sorriu.

– Entendo. Você é o pai durão. Judith comenta. Uma jovem muito séria. Não ri muito mesmo. Deve ser trabalho demais. Culpa minha – disse, reflexivo.

Para mudar o tom da conversa, comentei:

– Seu trabalho deve ser muito interessante.

– Hã?

– Eu falei que seu trabalho deve ser interessante.

– Só para uma meia dúzia de pessoas. A maioria acha maçante. E talvez seja mesmo. De qualquer maneira... – jogou a cabeça para trás e endireitou os ombros, voltando a assumir a postura viril de antes. – Agora é a minha chance. Seria capaz até de gritar. O pessoal do ministério me avisou hoje. A proposta ainda está de pé e o cargo é meu. Começo em dez dias.

– Na África?

– Sim. É magnífico!

– Tão rápido.

Eu estava ligeiramente chocado.

– Como assim *rápido*? Ah! – exclamou, compreendendo. – Refere-se à morte da Barbara? E por que não? Não adianta fingir que sua morte não foi um grande alívio para mim.

Parecia se divertir com meu espanto.

– Não tenho tempo para formalidades. Apaixonei-me por Barbara (uma menina linda), casamo-nos, e um ano depois eu já tinha perdido o interesse. Talvez até antes. Fiquei decepcionado com ela. Ela achava que podia me influenciar, mas não conseguiu. Eu sou egoísta, cabeça-dura. Só faço o que tenho vontade.

– Mas recusou esse trabalho na África por causa dela – lembrei.

– Sim. Na verdade, foi mais por uma questão financeira. Eu tinha assumido o sustento de Barbara, mantendo o estilo de vida com que ela estava acostumada. Se eu tivesse ido, ela teria ficado numa situação bastante difícil. Mas agora... – disse com um sorriso infantil completamente sincero – Tive uma sorte danada.

Fiquei revoltado. Verdade seja dita, nem todo homem que perde a esposa fica necessariamente arrasado. Mas aquilo já era demais.

Ele viu minha expressão de indignação, mas não parecia incomodado.

– A sinceridade não é uma qualidade muito valorizada, mas poupa tempo e energia.

– E não o perturba o fato de que sua mulher cometeu suicídio? – perguntei com certa agressividade.

– Não acho que ela tenha cometido suicídio – disse ele, pensativo. – Acho muito improvável.

– Mas, então, o que você acha que aconteceu?

– Não sei. Nem quero saber. Entende?

Fiquei olhando para ele, incrédulo.

– Não quero saber – repetiu com expressão dura e fria. – Não estou interessado, entende?

Não. Eu não entendia.

III

Não sei quando foi, mas notei que Stephen Norton estava com algum problema. Após o inquérito e o funeral, vivia calado, cabisbaixo, sempre com a testa franzida. Tinha o hábito de passar a mão pelo curto cabelo grisalho até ficar todo espetado nas pontas. Era engraçado, mas o gesto inconsciente indicava alguma aflição que o acometia. Norton passara a dar respostas vagas quando lhe perguntávamos alguma coisa, e cheguei à conclusão de que ele estava preocupado. Perguntei-lhe se havia recebido alguma notícia ruim, e ele disse que não, pondo um fim ao assunto.

Mais tarde, porém, ele veio me consultar sobre uma determinada questão, meio sem jeito.

Gaguejando um pouco como sempre acontecia quando falava sério, veio com uma história intrincada sobre ética.

– Sabe, Hastings, deveria ser simples saber quando algo está certo ou errado. Mas, na hora, a coisa não é tão simples quanto parece. Ou seja, a pessoa se depara com algo... algo que não é para ela... por acaso, digamos... e ela não vai ganhar nada com aquilo... mas a questão pode ser sumamente importante. Entende?

– Para falar a verdade, não muito – confessei.

Norton franziu a testa novamente. Passou a mão pelo cabelo, que ficou espetado, daquela maneira cômica habitual.

– É difícil explicar. Suponha que abriu uma carta por engano e leu algo confidencial... A carta era para outra pessoa, mas você começou a ler porque achou que era para você, e acabou lendo algo que não devia. Isso pode acontecer.

– Claro que sim.

– Pois bem. O que a pessoa deve fazer?

– Bem – refleti. – Acho que a pessoa deveria dizer a verdade para o destinatário. "Sinto muito, mas abri sua carta por engano."

Norton suspirou, dizendo que não era tão simples assim.

– Suponha que o conteúdo da carta seja deveras constrangedor.

– Constrangedor para o destinatário? Acho que você deveria fingir que não leu nada, que descobriu o engano a tempo.

– Sim – disse Norton após um momento de pausa, ainda não convencido. – Gostaria de saber o que poderia fazer nesse caso.

– Acho que não há nada a fazer.

Norton disse franzindo a testa:

– Sabe, Hastings, a questão não termina aí. Suponha que o que você leu seja importantíssimo, para alguém.

Perdi a paciência.

– Realmente, Norton, não entendo o que você quer dizer. Você não pode sair por aí lendo a correspondência privada dos outros, concorda?

– Claro. Não quis dizer isso. E, de qualquer maneira, não era nem uma carta. Só dei esse exemplo para tentar explicar. Referia-me a qualquer coisa que você viu, ouviu ou leu por acaso. Manteria segredo, a não ser...

– A não ser o quê?

Norton respondeu lentamente:

– A não ser que fosse algo do qual você *deveria* falar.

Fitei-o com súbito interesse. Ele continuou.

– Pense da seguinte maneira: suponha que você tenha visto algo... pelo buraco da fechadura...

Fechaduras me faziam lembrar de Poirot!

Norton se expressava com dificuldade:

– O que eu quero dizer é: você tem um ótimo motivo para verificar a fechadura... talvez a chave tenha prendido e você foi conferir... ou talvez tivesse uma razão para espiar mesmo... mas jamais esperava ver o que viu...

Por um momento, perdi o fio da meada, porque tive um insight. Lembrei-me de um dia em que Norton viu um suposto pica-pau raro com o binóculo. Lembrei-me de seu constrangimento, e que ele não queria que eu visse. No momento, cheguei à conclusão de que o que ele havia visto tinha a ver *comigo*. Que era Allerton e Judith, para ser mais direto. Mas supondo que não fosse o caso. Que ele tivesse visto outra coisa. Presumi que fosse algo relacionado com Allerton e Judith porque estava tão obcecado com essa ideia que não conseguia pensar em mais nada.

Perguntei abruptamente:

– Foi alguma coisa que você viu com o binóculo?

Norton ficou ao mesmo tempo espantado e aliviado.

– Como é que você adivinhou?

– Foi no dia em que estávamos na companhia de Elizabeth Cole, não foi?

– Foi.

– E você não queria que eu visse.

– Não foi bem isso... Na verdade, não era para nenhum de nós ver.

– O que era?

Norton franziu a testa novamente.

– O que dizer? Vi algo que não era para ter visto. Não estava procurando. Havia realmente um pica-pau maravilhoso... mas aí eu vi outra coisa.

Calou-se. Eu estava curiosíssimo, mas respeitava seus escrúpulos.

– Era algo importante? – perguntei.

– Acho que sim – respondeu lentamente. – Não sei.

– Tinha algo a ver com a morte da sra. Franklin?

– Estranho você dizer isso – comentou ele, admirado.

– Então estou certo.

– Não tinha a ver diretamente. Mas pode ter. Modificaria totalmente o cenário. Significaria... Droga, não sei o que fazer!

Eu estava num dilema, entre a curiosidade e a relutância de Norton em me contar o que sucedera. Muito compreensível. Eu ficaria do mesmo jeito. É sempre desagradável ter acesso a informações de um modo que as pessoas considerariam questionável.

Nesse momento, tive uma ideia.

– Por que não consultar Poirot?

– Poirot? – perguntou Norton, desconfiado.

– Sim. Pedir o conselho dele.

– Bem, é uma ideia. Só que ele é estrangeiro... – interrompeu-se meio sem graça.

Entendi o que ele quis dizer. Referia-se aos comentários mordazes de Poirot sobre "jogar de acordo com as regras". Fiquei me perguntando por que Poirot nunca pensara em usar binóculo. Ele teria usado se tivesse pensado nisso.

– Ele honrará sua confiança – garanti. – E você não precisa seguir o conselho dele se não quiser.

– É verdade – concordou Norton, convencido. – Sabe, Hastings? Acho que é exatamente isso o que eu vou fazer.

IV

Fiquei estupefato com a reação imediata de Poirot às informações que lhe trouxera.

– O que você está me dizendo, Hastings? – perguntou, largando a torrada que levava à boca. – Conte-me.

Repeti a história.

– Ele viu alguma coisa com o binóculo outro dia – repetiu Poirot, pensativo. – Alguma coisa que não quis lhe contar. – Segurou meu braço e perguntou: – E não contou o que viu a mais ninguém?

– Acho que não. Não. Tenho certeza que não.

– Muito cuidado, Hastings. É fundamental que ele não conte a ninguém. Não deve nem insinuar nada. Seria muito perigoso.

– Perigoso?

– Perigosíssimo.

Poirot estava sério.

– Combine com ele, *mon ami*, para que ele venha aqui falar comigo hoje à noite. Uma conversa informal. Não deixe ninguém suspeitar do encontro. E tome cuidado, Hastings. Tome muito cuidado. Quem foi que você disse que estava com vocês na ocasião?

– Elizabeth Cole.

– Ela percebeu algo estranho na atitude dele?

Tentei lembrar.

– Não sei. Talvez sim. Devo perguntar a ela se...?

– Não diga nada, Hastings. Absolutamente nada.

Capítulo 16

I

Transmiti a Norton a mensagem de Poirot.

– Vou lá conversar com ele, sim. Lamento ter comentado a respeito desse assunto com você.

– A propósito, falou disso com mais alguém? – sondei.

– Não... pelo menos... não, claro que não.

– Tem certeza?

– Não, eu não falei nada.

– Bem, não fale antes de conversar com Poirot.

Notei uma ligeira hesitação na primeira resposta, mas na segunda ele foi bastante firme. Lembraria daquela hesitação mais tarde.

II

Voltei ao local onde ocorrera o incidente com o binóculo de Norton. Uma pessoa já estava lá: Elizabeth Cole. Virou a cabeça ao me ver chegar.

– Parece agitado, capitão Hastings. Aconteceu alguma coisa?

Tentei me acalmar.

– Não, não aconteceu nada. Só estou um pouco sem fôlego, porque vim andando rápido. – Acrescentei no tom mais natural do mundo: – Vai chover.

Ela olhou para o céu.

– É.

Ficamos em silêncio por um tempo. Havia algo nessa mulher que me causava grande simpatia. Desde que ela me contou quem realmente era e a tragédia que arruinara sua vida, passei a me sentir mais próximo. Duas pessoas que já sofreram têm um grande ponto em comum. Só que para ela, havia uma segunda chance.

– Não estou nem um pouco agitado. Na verdade, estou bem deprimido. Tive más notícias sobre o meu velho amigo.

– O sr. Poirot?

O interesse dela me fez desabafar.

Quando terminei, ela disse, calmamente:

– Compreendo. Então o fim pode vir a qualquer momento.

Assenti com a cabeça, sem conseguir falar.

Depois de um ou dois minutos, observei:

– Quando ele morrer, vou ficar sozinho no mundo.

– Ah, não. Você tem Judith. E seus outros filhos.

– Estão todos espalhados pelo mundo. E Judith... Bem, ela tem o trabalho dela e não precisa de mim.

– Na verdade, os filhos nunca precisam dos pais, até terem algum problema. Eu sou muito mais solitária do que o senhor. Minhas duas irmãs estão distantes, uma nos Estados Unidos e a outra na Itália.

– Minha querida, sua vida está apenas começando.

– Aos trinta e cinco?

– O que são trinta e cinco anos? Quem dera eu tivesse essa idade. – Acrescentei com certa malícia: – Não sou cego.

Olhou-me com expressão de curiosidade e corou.

– Não está pensando que... Ah! Stephen Norton e eu somos só amigos. Temos muitas afinidades...

– Melhor assim.

– Ele é muito gentil.

– Minha querida, não é só gentileza. Nós, homens, não somos assim.

Elizabeth Cole já não estava corada.

– O senhor é cruel e cego! – disse com a voz tensa. – Como eu poderia pensar em casamento com a história que tive? Com uma irmã assassina ou, no mínimo, louca? Não sei o que é pior.

– Não se deixe levar por isso. Pode não ser verdade.

– Como não? É verdade sim.

– Não se lembra que me disse uma vez: "Aquela não era a Maggie."?

– Foi o que eu senti – disse.

– O que sentimos muitas vezes é verdade.

Ela ficou me olhando.

– Como assim?

– Sua irmã não matou seu pai – afirmei.

Ela levou as mãos à boca, com os olhos assustados.

– O senhor deve estar louco. Quem lhe falou isso?

– Não importa. Mas é verdade. Um dia lhe provarei.

III

Perto de casa, deparei-me com Boyd Carrington.

– Esta é a minha última noite aqui – contou-me. – Vou embora amanhã.

– Para Knatton.

– Sim.

– Ótima notícia.

– Será? Acho que sim – suspirou. – De qualquer maneira... para você eu posso dizer: estou feliz de ir embora daqui.

– A comida realmente é bem ruim, e o serviço deixa a desejar.

– Não estou falando disso. Afinal, aqui é barato, e não se pode esperar muito de uma hospedaria deste tipo. Não estou falando de desconforto, Hastings. Eu não gosto da casa em si. Sinto uma espécie de influência maligna aqui. Acontecem coisas estranhas.

– É verdade.

– Não sei o que é. Talvez uma casa onde já ocorreu um assassinato jamais seja a mesma depois... Não sei. Mas não gosto. Primeiro, o acidente com sra. Luttrell. Um grande infortúnio. Depois, o que aconteceu com a pobre Barbara. – Fez uma pausa. – A pessoa menos propensa do mundo a cometer suicídio.

Hesitei.

– Bem, não sei se eu seria capaz de afirmar uma coisa dessas...

Ele me interrompeu:

– Pois eu afirmo. Estive com ela quase todo o dia. Ela estava de ótimo humor. Adorou o passeio. Sua única preocupação era que John estivesse se envolvendo demais com o trabalho e acabasse se prejudicando com aquelas experiências que realizava. Sabe o que eu acho, Hastings?

– Não.

– Que o marido foi o responsável pela morte dela. Ele a atazanava. Comigo, ela estava sempre feliz. Franklin dava a entender que ela atrapalhava sua carreira, e isso a abalava muito. Maldito insensível! Mostrou-se imperturbável. Disse-me, como se nada tivesse acontecido, que vai se mudar para a África agora. Não me surpreenderia nem um pouco se descobríssemos que ele a matou.

– Mas você não tem certeza.

– Na verdade, não. Porque acho que, se ele a tivesse matado, não teria sido dessa maneira. Todo mundo sabia que ele trabalhava com essa tal de fisostigmina. Portanto, o mais sensato teria sido não utilizar essa substância.

Mesmo assim, Hastings. Não sou o único a suspeitar de Franklin. Tenho informações de alguém que deveria saber das coisas.

– Quem? – perguntei com curiosidade.

Boyd Carrington baixou a voz:

– A enfermeira Craven.

– O quê? – exclamei, surpreso.

– Shh. Não grite. Sim, a enfermeira Craven colocou essa ideia na minha cabeça. Ela é uma mulher muito inteligente e observadora. Não gosta de Franklin. Nunca gostou.

Fiquei pensando. Deveria ter dito que era de sua própria paciente que a enfermeira Craven não gostava. Ocorreu-me, de repente, que a enfermeira Craven deveria saber bastante sobre a vida familiar de Franklin.

– Ela vai dormir aqui esta noite – informou Boyd Carrington.

– Como assim? – perguntei sem entender. A enfermeira Craven tinha ido embora logo após o funeral.

– Só uma noite – explicou Boyd Carrington.

– Sei.

Fiquei perturbado com aquela notícia do regresso da enfermeira Craven, sem saber muito bem por quê. Haveria algum motivo para ela voltar? Ela não gostava de Franklin, Boyd Carrington disse...

Retomando a confiança, falei com veemência:

– Ela não tem direito de insinuar nada contra Franklin. Afinal de contas, foi o depoimento dela que contribuiu para o veredito de suicídio, além do fato de Poirot ter visto a sra. Franklin saindo do laboratório com o frasco na mão.

Boyd Carrington disse, asperamente:

– Que frasco? As mulheres sempre andam com frascos, de perfume, loção de cabelo, esmalte... Sua filha mesmo. Estava com um frasco na mão aquela noite. Isso não significa que *ela* estivesse pensando em suicídio, concorda? Absurdo!

Calou-se ao observar a aproximação de Allerton. Escutamos um trovão à distância, conferindo uma dramaticidade perfeita àquele momento. Estava convencido de que Allerton seria vilão.

Mas ele estava longe da casa na noite da morte de Barbara Franklin. Além disso, que motivo teria ele para matá-la?

Só que X não tinha motivo. Nisso residia sua força. Era só isso que nos impedia de avançar. Mas a qualquer momento poderíamos ter o insight que faltava.

IV

Creio que, a esta altura, devo ressaltar que jamais considerei a possibilidade de que Poirot pudesse falhar. No conflito entre ele e X, tinha certeza de que meu amigo sairia vitorioso. Apesar de toda a sua fragilidade, sabia que ele era o mais forte dos dois. Estava habituado a vê-lo triunfar.

Foi o próprio Poirot que colocara dúvida na minha cabeça.

Não me lembro muito bem qual era o assunto, mas ele disse de repente: "Se algo acontecer comigo...".

Protestei. Não ia acontecer nada. Nada.

– *Eh bien*, então você não ouviu direito o que o dr. Franklin disse.

– Franklin não sabe de nada. Você ainda vai viver muito.

– É possível, meu amigo, embora extremamente improvável. Mas falo agora do meu caso específico, não em termos gerais. Apesar de poder morrer a qualquer momento, talvez não seja rápido o suficiente para o nosso amigo X.

– Como assim? – perguntei, perplexo.

– Pois é, Hastings. X é muito inteligente e, por isso, já deve ter percebido que meu desaparecimento, mesmo que precedesse a morte natural por poucos dias, seria bastante vantajoso.

– Mas aí... o que aconteceria?

Eu não conseguia acreditar no que ouvia.

– Quando o comandante fracassa, *mon ami*, o segundo comandante assume o posto. Você continuará no meu lugar.

– Como? Estou totalmente no escuro.

– Já tratei disso. Se algo acontecer comigo, meu amigo, aqui você tem todas a pistas de que precisa – disse, batendo na caixa a seu lado. Já preparei tudo, para qualquer eventualidade.

– Não precisa de tanta engenhosidade. É só me contar tudo o que você sabe.

– Não, meu amigo. O fato de você não saber o que eu sei é um bem precioso.

– Você deixou um registro escrito de tudo?

– Claro que não. X poderia encontrar.

– Então, o que você deixou?

– Orientações. Não significarão nada para X, fique tranquilo. Mas o levarão à verdade.

– Não tenho tanta certeza. Por que tanta tortuosidade? Parece que você gosta de complicar as coisas! Sempre foi assim.

– Essa é a minha paixão, é isso o que você quer dizer? Talvez seja. Mas fique tranquilo, minhas orientações o levarão à verdade. – Fez uma pausa e disse: – Nesse momento, talvez você deseje não ter ido tão longe. "Que caia logo o pano", dirá.

Sua voz provocou em mim aqueles espasmos de medo que eu já sentira uma ou duas vezes. Era como se em algum lugar fora de meu campo de visão existisse um fato que eu não queria encarar, pois não suportaria. Algo que, lá no fundo, eu já *sabia*...

Tentei afastar aquela sensação e desci para jantar.

Capítulo 17

I

O jantar foi relativamente agradável. A sra. Luttrell estava de volta, com aquela sua alegria artificial irlandesa. Franklin mostrava-se mais animado do que nunca. E era a primeira vez que eu via a enfermeira Craven à paisana, sem o uniforme de enfermeira. Era uma jovem realmente muito bonita, ainda mais agora, que se despojara da reserva profissional.

Depois do jantar, a sra. Luttrell sugeriu uma partida de bridge, mas acabamos jogando outras coisas. Cerca de nove e meia, Norton anunciou que pretendia ir ao quarto de Poirot.

– Boa ideia – disse Boyd Carrington. – É uma pena que tenha andado indisposto esses dias. Vou com você.

Tive de agir rapidamente.

– Se não se importa, ele fica muito cansado muito quando conversa com mais de uma pessoa ao mesmo tempo.

Norton pegou a deixa e emendou:

– Prometi que lhe emprestaria um livro sobre pássaros.

Boyd Carrington disse:

– Tudo bem. Você volta, Hastings?

– Volto.

Subi com Norton. Poirot estava esperando. Depois de trocarmos algumas palavras, desci. Começamos outra partida de cartas.

Boyd Carrington parecia incomodado com o clima descontraído de Styles naquela noite. Talvez julgasse que era cedo demais para todo mundo ter se esquecido da tragédia. Estava distante, distraído. Pediu licença e saiu da mesa.

Abriu a janela. Ouvia-se o som de trovões ao longe, de uma tempestade que se avizinhava. Boyd Carrington fechou a janela, voltou para a mesa, ficou observando o jogo por um tempo e retirou-se.

Fui para a cama às quinze para as onze. Não passei no quarto de Poirot. Ele deveria estar dormindo. Além disso, não queria mais pensar em Styles e seus problemas. Só queria dormir. Dormir e esquecer.

Estava quase pegando no sono quando fui acordado por uma pancada na porta.

– Pode entrar – falei. Como nada aconteceu, acendi a luz, levantei-me e fui ver o que acontecia no corredor.

Vi Norton saindo do banheiro em direção ao seu quarto. Estava com um roupão quadriculado de cores horríveis e o cabelo espetado como sempre. Entrou no quarto e trancou a porta.

O som de trovões estava mais forte. A tempestade se aproximava.

Voltei para a cama com uma sensação ruim causada pelo ruído da porta sendo trancada, que sugeria possibilidades sinistras.

Será que Norton tinha o hábito de trancar a porta à noite? Será que fora um conselho de Poirot? Lembrei-me, com repentina intranquilidade, de que a chave da porta do quarto de Poirot havia desaparecido.

Fiquei deitado na cama, com uma tensão que a proximidade do temporal só piorava. Levantei-me finalmente e tranquei a porta também. Depois, voltei para a cama e apaguei.

II

Antes de descer para o café da manhã, passei no quarto de Poirot.

Ele estava deitado, e fiquei mais uma vez impressionado com sua aparência doentia e frágil.

– Como vai, meu velho amigo?

– Eu ainda existo, meu amigo. Ainda existo – disse, sorrindo pacientemente.

– Está com alguma dor?

– Não. Só cansaço – suspirou. – Muito cansaço.

Demonstrei que entendia.

– Como foi ontem à noite? Norton lhe contou o que viu naquele dia?

– Contou.

– O que foi?

Poirot me olhou por um bom tempo antes de responder:

– Acho melhor não lhe contar, Hastings. Espero que compreenda.

– Como assim?

– Norton me disse que viu duas pessoas...

– Judith e Allerton! – exclamei. – Eu pensei isso no momento.

– *Eh bien, non. Não* eram Judith e Allerton. Não falei que você não entenderia? Você é um homem de ideias fixas!

– Desculpe-me – falei, um pouco envergonhado. – Diga-me.

– Vou lhe dizer amanhã. Tenho muito a refletir.

– A informação ajuda no caso?

Poirot respondeu que sim com a cabeça. Fechou os olhos, recostando-se nas almofadas.

– O caso está encerrado. Concluído. Falta apenas ligar alguns pontos. Vá tomar seu café, meu amigo. Quando sair, por favor, chame o Curtiss.

Obedeci. Depois, fui atrás de Norton. Estava curiosíssimo para saber o que ele tinha contado para Poirot.

Subconscientemente, ainda não me sentia satisfeito. A falta de confiança e alegria por parte de Poirot me incomodava bastante. Por que tanta reserva? Por que aquela tristeza profunda e inexplicável? Qual a *verdade* por trás de tudo aquilo?

Norton não estava no café da manhã.

Fui dar uma volta no jardim. O ar estava limpo e fresco após a tempestade. Reparei que havia chovido bastante. Encontrei Boyd Carrington. Fiquei feliz de vê-lo. Desejei confidenciar-lhe o que me acontecia, e esse desejo não era novo. Vi-me tentado a lhe contar tudo agora. Poirot realmente não tinha condições de carregar tudo sozinho.

Naquela manhã Boyd Carrington mostrava-se tão cheio de vida e seguro de si que me senti seguro também.

– Acordou tarde – disse ele.

– Pois é. Fui dormir tarde.

– Ouviu o temporal?

Lembrei que estivera consciente dos trovões durante o sono.

– Eu estava um pouco indisposto ontem à noite – comentou Boyd Carrington. – Hoje me sinto muito melhor – disse, se espreguiçando.

– Cadê o Norton? – perguntei.

– Deve estar dormindo ainda, aquele preguiçoso.

Olhamos os dois para cima, em direção à janela de Norton, que era a única que ainda estava fechada.

– Estranho – observei, ligeiramente perturbado. – Será que esqueceram de chamá-lo?

– Estranho mesmo. Espero que ele não esteja doente. Vamos lá ver o que aconteceu.

Subimos juntos. A criada, uma moça com expressão ignorante, disse que batera na porta uma ou duas vezes, mas que o sr. Norton não respondera. Não deveria ter ouvido. A porta estava trancada.

Tive um mau presságio. Bati com força na porta, gritando enquanto batia:

– Norton! Norton! Acorde!

E mais, com crescente desespero:

– Acorde...

III

Quando ficou claro que ninguém responderia, fomos falar com o coronel Luttrell. Ele tinha nos ouvido. Mexia no bigode, com um ligeiro espanto nos olhos azuis.

A sra. Luttrell, que sempre tomava as decisões, foi direta e incisiva:

– Precisamos abrir essa porta de alguma maneira. É a única coisa que podemos fazer.

Pela segunda vez na vida, vi uma porta sendo arrombada em Styles. Atrás da porta, apresentava-se a mesma cena que se apresentara na primeira ocasião: *morte por violência.*

Norton estava deitado na cama, de roupão. A chave da porta encontrava-se dentro de seu bolso. Na mão, uma pequena pistola, um mero brinquedo, mas capaz de cumprir sua missão. Havia um pequeno orifício bem no meio da testa.

Por um momento, não consegui me lembrar de algo muito importante que me disseram tempos atrás...

Estava cansado demais para lembrar.

Quando cheguei ao quarto de Poirot, ele viu meu rosto.

– O que aconteceu? Norton?

– Está morto!

– Como? Quando?

Contei-lhe resumidamente o que acontecera. Terminei, declarando:

– Eles dizem que foi suicídio. O que mais eles poderiam dizer? A porta estava trancada. As janelas, fechadas. A chave, no bolso. Eu mesmo o vi entrando no quarto e escutei quando ele trancou a porta.

– Você o viu, Hastings?

– Sim, ontem à noite.

Expliquei.

– Tem certeza de que era Norton?

– Claro que sim. Reconheço aquele roupão horrível à distância.

Por um instante, Poirot voltou a ser o que era antigamente.

– Ah, mas é um *homem* que você está identificando, não um *roupão. Ma foi*! Qualquer pessoa pode usar um roupão horrível.

– É verdade que não vi seu rosto – tive que concordar. – Mas era o cabelo dele e aquela maneira de andar, meio mancando.

– Qualquer pessoa pode mancar, *mon Dieu*!

Fitei-o sem saber o que dizer.

– Você está insinuando que *não foi* Norton quem eu vi?

– Não estou insinuando nada. Só estou irritado com as informações pouco científicas que você está me apresentando para provar que viu Norton. Não estou insinuando que *não* era ele. Seria até difícil ser outra pessoa, porque os homens daqui são todos altos, muito mais altos do que ele... e, *enfin*, altura não é uma coisa que dá para imitar. Norton era baixo, devia ter 1 metro e 65. *Tout de même*, parece um truque de mágica, não? Ele entra no quarto, tranca a porta, guarda a chave no bolso e é encontrado morto com uma pistola na mão e a chave onde guardara.

– Você não acredita, então, que ele tenha se matado?

– Não – respondeu Poirot sacudindo a cabeça. – Norton não se matou. Ele foi assassinado.

IV

Desci as escadas completamente confuso. O fato era tão inexplicável que eu deveria ser perdoado por não enxergar o próximo passo inevitável. Eu estava atordoado. Minha mente não funcionava direito.

E, no entanto, era tão lógico. Norton tinha sido assassinado... Por quê? Para impedir que contasse o que vira, supus.

Mas ele tinha contado o segredo para outra pessoa.

Essa pessoa, então, corria perigo, e estava totalmente indefesa.

Eu *deveria* ter previsto...

– *Cher ami* – Poirot me dissera quando deixei o quarto.

Foram as últimas palavras que ouvi de sua boca. Quando Curtiss entrou para cuidar do patrão, encontrou-o morto...

Capítulo 18

I

Não quero escrever sobre isso.

Quero pensar no assunto o mínimo possível. Hercule Poirot estava morto, e com ele morrera grande parte de Arthur Hastings.

Apresentarei os fatos, nada mais. É só o que consigo.

Concluíram que Poirot morrera de morte natural. "Ataque cardíaco". Era o que Franklin esperava. Sem dúvida, o choque causado pela morte de Norton contribuíra para isso. Por algum descuido, as ampolas de nitrato amílico não estavam na mesinha de cabeceira.

Será que havia sido descuido mesmo? Ou alguém as pegara deliberadamente? Não. Não podia ser só isso. X não poderia contar com um ataque cardíaco.

Eu me recusava a acreditar que Poirot morrera de morte natural. Ele tinha sido assassinado, assim como Norton e Barbara Franklin. E eu não sabia *por quê*. Além de não saber quem os matara!

Houve um inquérito sobre a morte de Norton, e chegaram à conclusão de que ele se suicidara. O único ponto sem explicação foi levantado pelo médico-legista, que achou estranha a localização do tiro. Segundo ele, a pessoa que se mata dificilmente consegue acertar bem no meio da própria testa. Mas essa era a única questão. Todo o resto estava claro: a porta trancada por dentro, a chave no bolso do morto, as janelas fechadas, a pistola em sua mão. Norton vinha reclamando de dores de cabeça e comentara a respeito de uns investimentos que não deram certo. Motivos pouco convincentes para um suicídio, mas eles tinham de apresentar alguma coisa.

A pistola, aparentemente, era sua. Havia sido vista sobre a cômoda duas vezes pela camareira. Pronto. Explicado. Outro crime perfeitamente planejado, sem solução alternativa.

No duelo entre Poirot e X, X vencera.

Agora dependia de mim.

Fui ao quarto de Poirot e peguei a caixa que ele deixara reservada para mim.

Eu sabia que ele havia me nomeado como seu testamenteiro. Por isso, eu tinha o direito de pegá-la. A chave estava em volta de seu pescoço.

Já no meu quarto, abri a caixa e quase caí para trás.

O dossiê dos casos de X desaparecera. Eu o tinha visto um ou dois dias antes, quando Poirot destrancara a caixa. Isso provava que X já entrara em ação. Ou Poirot se desfizera daqueles papéis sozinho (o que era muito improvável), ou havia sido X.

X. X. Maldito demônio!

Mas a caixa não estava vazia. Lembrei-me da promessa de Poirot de deixar orientações que X não entenderia.

Que orientações seriam essas?

Havia um exemplar de uma das peças de Shakespeare, *Otelo*, numa edição barata, e outro livro, a peça *John Ferguson*, de St. John Ervine, com um marcador no terceiro ato.

Fiquei olhando para os dois livros, sem saber o que fazer.

Aquelas eram as pistas que Poirot me deixara, e elas não significavam nada para mim!

O que *poderiam* significar?

A única coisa que consegui pensar foi num *código*. Talvez houvesse um código de palavras baseado nas peças.

Mas se fosse isso, como eu descobriria o código?

Não havia nenhuma palavra ou letra destacada em lugar nenhum. Tentei descobrir se havia alguma frase escrita com tinta invisível, mas não encontrei nada.

Li atentamente todo o terceiro ato de *John Ferguson*. Um trecho emocionante em que o "desaparecido" Clutie John fala, e que termina com o mais jovem dos Ferguson indo procurar o homem que enganara sua irmã. Descrição magistral dos personagens, mas não podia conceber que Poirot me deixara aqueles livros para desenvolver meu gosto pela literatura!

Foi então que, ao fechar os livros, uma folha de papel caiu de dentro de um deles. Estava escrito, com a letra de Poirot:

Fale com meu criado George.

Já era alguma coisa. Possivelmente, a chave do código, se é que havia algum código, estava com George. Precisava descobrir seu endereço e ir falar com ele.

Mas antes havia a triste missão de cuidar do enterro do meu querido amigo.

Aquele era o lugar em que morara quando viera pela primeira vez à Inglaterra. Ali jazeria, por fim.

Judith foi muito atenciosa durante esses dias.

Passou muito tempo comigo e me ajudou a organizar tudo. Um anjo. Elizabeth Cole e Boyd Carrington também foram muito cuidadosos.

Elizabeth Cole não se abalou tanto com a morte de Norton. Se por acaso sentia algum pesar, era só interno.

E assim acabou tudo.

II

Sim, preciso registrar isso.

Isso precisa ser dito.

Quando o funeral terminou, sentei-me com Judith, tentando fazer planos para o futuro.

Foi então que ela me anunciou:

– Mas, pai, *eu não vou mais estar aqui.*

– Não?

– *Não vou estar na Inglaterra.*

Fitei-a, perplexo.

– Não queria lhe dizer antes, pai, para não piorar as coisas. Mas você precisa saber agora. Espero que não se importe muito. Vou para a África com o dr. Franklin.

Explodi. Como assim? Ela não podia fazer uma coisa dessas. Todo mundo ia comentar. Ser assistente dele na Inglaterra com a esposa viva, tudo bem. Agora, ir com ele para a África não tinha cabimento. Eu não permitiria. Judith não iria!

Ela não me interrompeu. Esperou que eu terminasse.

– Mas, pai – disse, com um sorriso sutil –, não estou indo como assistente. Estou indo como sua mulher.

Foi um soco na cara.

– E Allerton? – perguntei gaguejando.

Ela achou graça.

– Nunca tivemos nada. Eu teria lhe contado se você não tivesse me perturbado tanto. Além disso, eu queria que você pensasse... bem, exatamente o que você pensou. Não queria que você soubesse do John.

– Mas eu vi vocês se beijando uma noite... no terraço.

Ela falou com impaciência:

– Pois é. Eu estava péssima aquela noite. Essas coisas acontecem. Você deve saber como é.

– Você não pode se casar com Franklin assim, tão cedo.

– Posso sim. E vou. Não há nada a esperar agora.

Judith e Franklin. Franklin e Judith.

Entende os pensamentos que me vieram à cabeça, os pensamentos que estavam lá, escondidos, há algum tempo?

Judith com um frasco na mão, Judith, com aquela paixão da juventude, declarando que a vida das pessoas inúteis deveria ser sacrificada aos que são úteis para a sociedade... Judith, que eu e Poirot amávamos. As duas pessoas que Norton tinha visto, então, eram Judith e *Franklin*? Nesse caso... nesse caso... Não, não podia ser. Judith não faria isso. Franklin, talvez. Um homem estranho, impiedoso, que se tomasse a decisão de matar, mataria sem escrúpulos, quantas vezes fosse necessário.

Poirot quisera consultar Franklin.

Por quê? O que será que ele lhe disse aquela manhã?

Judith, não. Não minha linda filhinha, tão jovem e tão séria.

Mas Poirot estava realmente estranho. E aquelas palavras: "'Que caia logo o pano', dirá".

De repente, fui invadido por um novo pensamento. Mas que coisa monstruosa! Impossível! Será que toda aquela história de X era invenção? Será que Poirot tinha vindo a Styles porque temia uma tragédia no seio familiar dos Franklin? Será que tinha vindo para proteger Judith? Teria sido *por isso* que ele não me contou nada? Porque toda a história de X era uma invenção?

Será que o centro de toda a tragédia era Judith, minha filha?

Otelo! Foi *Otelo* que eu peguei na estante quando a sra. Franklin morrera. Seria essa a chave do mistério?

Alguém chegou a comentar que ela parecia a Judith da época de Nabucodonosor antes de cortar a cabeça de Holofernes. Judith, com a morte no coração?

CAPÍTULO 19

Estou escrevendo isto de Eastbourne.

Vim a Eastbourne falar com George, antigo criado de Poirot.

George esteve a seu serviço por muitos anos. Era um sujeito competente e prático, totalmente desprovido de imaginação. Levava tudo ao pé da letra.

Bem, fui conversar com ele. Contei-lhe sobre a morte de Poirot, e ele reagiu como esperado: ficou bastante abalado, sem conseguir esconder a tristeza.

– Ele deixou uma mensagem para mim, não? – indaguei.

– Para o senhor? Não que eu saiba.

Fiquei surpreso. Pressionei-o, mas ele se mostrou irredutível.

– Devo ter me enganado. Bom, é isso. Gostaria que você tivesse estado perto dele no fim.

– Eu também, senhor.

– Mas se o seu pai estava doente, você tinha que cuidar dele mesmo.

George me olhou sem entender.

– Perdão, senhor. Não compreendo.

– Você foi embora porque precisava cuidar do seu pai, não foi?

– Eu não queria ir embora. O sr. Poirot é que me mandou.

– Como assim?

– Na verdade, não fui demitido. O combinado era que eu voltasse ao serviço depois. Mas fui embora a pedido dele. Mesmo assim, ele continuou me pagando enquanto eu estava aqui com meu pai.

– Mas por quê, George, por quê?

– Não sei, senhor.

– Você não perguntou?

– Não, senhor. Não me julgava em posição de fazer perguntas. O sr. Poirot sabia o que fazia. Era um homem muito inteligente. Sempre o compreendi e respeitei.

– Sim, sim – murmurei, para mostrar que acompanhava.

– Muito cuidadoso com suas roupas, embora um pouco exótico, por ser estrangeiro. Mas é compreensível, pois era estrangeiro mesmo. Muito cuidadoso também com o cabelo e o bigode.

– Ah, seu famoso bigode! – senti uma pontada de dor ao lembrar do orgulho que ele tinha do bigode.

– Muito exigente com o bigode – continuou George. – Não era muito da moda, mas ficava bem *nele*.

Concordei.

– Parece que pintava o bigode e o cabelo, não? – perguntei, sem querer ser indelicado.

– Sim. Retocava o bigode. O cabelo não. Não nos últimos anos.

– Duvido! – exclamei. – O cabelo dele era preto que nem carvão. Parecia até peruca, de tão artificial.

George pigarreou.

– Era uma peruca mesmo, senhor. O cabelo do sr. Poirot estava caindo muito, e ele decidiu usar peruca.

Achei curioso que um criado soubesse mais de um homem do que seu melhor amigo.

Voltei à questão que me intrigava.

– Mas você tem alguma ideia de por que o sr. Poirot o mandou embora? Pense, homem, *pense*.

George até que se esforçou, mas não era muito bom em pensar.

– Só posso imaginar, senhor, que ele me dispensou para admitir Curtiss.

– Curtiss? Mas por que ele desejaria contratar o Curtiss?

George pigarreou novamente.

– Bem, senhor, isso eu não sei. Se me permite uma observação, ele não me pareceu um sujeito muito inteligente. Era forte fisicamente, isso sim. Mas não o considerava da classe que o sr. Poirot exigiria. Ele tinha sido ajudante num hospital psiquiátrico, creio.

Fiquei olhando para ele, assustado.

Curtiss!

Foi por isso que Poirot havia me contado tão pouco? Curtiss, o único de quem que eu jamais suspeitara! Sim. E Poirot queria que eu procurasse o misterioso X entre os hóspedes de Styles quando, na verdade, X *não* era um hóspede.

Curtiss!

Ajudante de um hospital psiquiátrico. Li em algum lugar que os pacientes de sanatórios psiquiátricos muitas vezes se tornam ajudantes ou voltam para trabalhar onde estiveram internados.

Um sujeito esquisito, aparvalhado, capaz de matar por um motivo idiota pessoal...

E nesse caso... nesse caso...

Uma grande nuvem negra se dispersaria.

Curtiss...?

Pós-escrito

Nota do capitão Arthur Hastings: Recebi o seguinte manuscrito quatro meses após a morte de meu amigo Hercule Poirot. Uma firma de advocacia me pediu para entrar em contato, informando-me que, "de acordo com as instruções de seu cliente, o finado sr. Hercule Poirot", eles me enviariam um pacote lacrado. Reproduzo seu conteúdo abaixo.

Manuscrito redigido por Hercule Poirot:

Mon cher ami,
Já deverei estar morto há quatro meses quando você estiver lendo estas palavras. Hesitei bastante em escrever, mas cheguei à conclusão de que era necessário que alguém soubesse a verdade sobre o segundo "Caso Styles". Resolvi escrever também por supor que, no momento em que este manuscrito lhe chegar às mãos, você já terá desenvolvido as mais descabidas teorias, e talvez esteja sofrendo por causa disso.

Mas deixe-me que lhe diga uma coisa: você já devia ter descoberto a verdade, mon ami, *com todas as indicações que lhe deixei. Se ainda não descobriu é porque, como sempre, você é puro e um tanto ingênuo.* À la fin comme au commencement.

Pelo menos você já devia saber quem matou Norton, mesmo que ainda não saiba quem matou Barbara Franklin. Esta última informação deverá chocá-lo.

Para começar, como você sabe, mandei chamá-lo, dizendo que precisava de você. Era verdade. Disse-lhe que precisava que você fosse meus olhos e meus ouvidos. Também era verdade, mas não no sentido que pensa. A ideia era que você visse o que eu queria que visse e ouvisse o que eu queria que ouvisse.

Você reclamou de "injustiça" da minha parte, cher ami, *na apresentação do caso. Neguei-lhe informações que tinha, isto é, recusei-me a revelar-lhe a identidade de X. É verdade. Teve que ser assim, embora não pelos motivos que expus. Você entenderá do que estou falando em breve.*

Analisemos essa questão de X. Mostrei-lhe um resumo de diversos casos, ressaltando que, em cada caso, a pessoa acusada ou suspeita realmente cometera o crime noticiado, sem solução alternativa. Em seguida, chamei atenção para um segundo fato importante: que, em cada caso, X estivera na cena do crime ou bastante envolvido nela. Você, então, chegou a uma conclusão paradoxalmente verdadeira e falsa ao mesmo tempo. Você disse que X havia cometido todos os crimes.

Mas, meu amigo, as circunstâncias eram tais que, em cada caso (ou em quase todos), somente o acusado poderia ter cometido o crime. Por outro lado, se assim era, como atribuir todos os crimes a X? Salvo se fosse uma pessoa ligada à polícia ou uma firma de advogados criminais, dificilmente alguém estaria envolvido em cinco casos de assassinato. Isso simplesmente não acontece! Nunca ouvi uma pessoa dizer: "Na verdade, conheço cinco assassinos!". Não, mon ami, *isso não é possível. Chegamos, então, ao curioso resultado de um caso de catálise: uma reação entre duas substâncias que ocorre apenas na presença de uma terceira substância, a qual, aparentemente, não participa da reação e permanece inalterada. É isso. Significa que onde X estivesse, acontecia um crime. Mas X não participava ativamente dos crimes.*

Uma situação extraordinária, fora do normal! Eis que enfrentava, no fim da minha carreira, o criminoso perfeito, o criminoso que inventou uma técnica com o objetivo de jamais ser acusado de nenhum crime.

Incrível. Mas não era nenhuma novidade. Havia paralelos. E aqui entra a primeira "pista" que lhe deixei: a peça Otelo. Porque na peça encontramos o X original, magnificamente delineado. Iago é o assassino perfeito. As mortes de Desdêmona, de Cássio e do próprio Otelo são todas obras de Iago, planejadas e executadas por ele. E ele permanece fora do círculo, alheio a suspeitas. Ou poderia ter sido assim. Porque o grande Shakespeare, meu amigo, teve de lidar com o dilema criado por sua própria arte. Para desmascarar Iago, precisou lançar mão de um recurso tosco – um lenço –, totalmente incondizente com a técnica de Iago, e um erro estúpido que dificilmente o incriminaria.

Sim, encontramos a perfeição da arte do assassinato. Nenhuma sugestão direta. Ele está sempre contendo a violência, refutando, horrorizado, suspeitas que não eram consideradas até serem mencionadas!

E a mesma técnica é utilizada no brilhante terceiro ato de John Ferguson, em que o tolo Clutie John induz os outros a matar o homem que ele próprio odeia. Um maravilhoso exemplo de sugestão psicológica.

Agora, você precisa saber de uma coisa, Hastings. Todo mundo é um assassino em potencial. Em todos nós, surge, ocasionalmente, o desejo de matar, embora sem a determinação de matar. Quantas vezes ouvimos os outros dizerem "Ela me deixou tão furioso que eu seria capaz de matá-la", "Eu poderia ter matado B. pelo que ele disse" ou "Eu estava com tanta raiva que tive desejo de matá-lo"? Todas essas declarações são verdadeiras, porque, no momento da raiva, é o que sentimos: desejo de matar. Mas não agimos de acordo com esse desejo. Deixamos que o desejo passe. Em crianças pequenas, a censura ainda não está completamente estruturada. Conheci um menino que, irritado com o gatinho de estimação, ameaçou: "Fica quieto, senão eu te dou uma pancada na cabeça e te mato". Como o gato não lhe deu ouvidos, ele acabou matando-o mesmo, ficando horrorizado depois ao perceber que o bichano não ressuscitaria. Porque ele amava seu gatinho. Ou seja, somos todos assassinos em potencial. E arte de X foi essa, não sugerir o desejo, mas quebrar a resistência moral natural. Uma arte aperfeiçoada por meio de muita prática. X sabia a palavra certa, a expressão necessária, até a entonação correta para exercer uma pressão cada vez maior sobre o ponto fraco da vítima, que jamais suspeitou de nada. Não se tratava de hipnose. A hipnose não teria funcionado. Era algo mais insidioso, mais fatal. A manipulação das forças de um ser humano para abrir uma ferida em vez de tratá-la, utilizando o que ele tem de melhor em aliança com o que tem de pior.

Você deve saber, Hastings, porque aconteceu com você...

Talvez agora você consiga compreender algumas de minhas observações que o aborreceram e confundiram tanto. Quando me referia a um crime a ser cometido, não estava falando sempre do mesmo crime. Disse-lhe que estava em Styles por um motivo. Estava lá porque um crime seria cometido. Você ficou surpreso com minha certeza em relação a esse assunto.

Mas eu tinha certeza porque o crime seria cometido por mim mesmo...

Sim, meu amigo, é estranho, absurdo e terrível! Eu, que sempre combati o crime, defendendo a vida humana, terminei minha carreira cometendo um assassinato. Talvez porque tenha sido certinho demais, escrupuloso demais, é que esse dilema tenha se apresentado em minha vida. Porque existem dois lados nessa história. Minha missão sempre foi salvar os inocentes, impedir que ocorressem crimes. E essa é a única forma que me restou! Veja bem: X não poderia ser incriminado. Ele estava seguro. Jamais seria derrotado.

Mesmo assim, meu amigo, eu estava relutante. Via o que precisava ser feito, mas não me sentia capaz de fazê-lo. Era como Hamlet, adiando eternamente o dia fatídico. Até que ocorreu o atentado contra a sra. Luttrell.

Fiquei curioso, Hastings, para saber se seu instinto para o óbvio funcionaria. Funcionou. Sua primeira reação foi desconfiar de Norton. E você estava certo. Tinha sido Norton mesmo. Mas você não tinha um argumento forte. Observou de modo perfeitamente cabível, mas sem tanta convicção, que ele era um sujeito insignificante. Nesse momento, você chegou bem perto da verdade.

Eu havia considerado a história de vida de Norton com algum cuidado. Norton era filho único de uma mulher bastante autoritária. Jamais teve a oportunidade de se colocar ou afirmar sua personalidade perante os outros. Como mancava, não podia participar dos jogos da escola.

Uma das observações mais relevantes que você fez foi a respeito de Norton ter sido ridicularizado na escola por quase desmaiar ao ver um coelho morto. Um incidente que o deve ter marcado muito. Ele não conseguia ver sangue e violência, o que acabou abalando seu prestígio. Eu diria que, subconscientemente, ele precisava se redimir sendo cruel e impiedoso.

Imagino que ele tenha começado a descobrir seu poder de influenciar os outros ainda muito novo. Sabia ouvir e era simpático. As pessoas gostavam dele, mas, ao mesmo tempo, não lhe davam muita atenção. Isso o magoava, e, então, ele resolveu aproveitar-se dessa situação. Descobriu como era fácil influenciar os outros utilizando as palavras e os estímulos certos. Bastava demonstrar que os compreendia, penetrando seus pensamentos, reações secretas e desejos.

Percebe, Hastings, que essa descoberta pode aumentar a sensação de poder? Stephen Norton, que todo mundo estimava e desprezava ao mesmo tempo, conseguia convencer os outros a fazerem o que não queriam, ou (atenção!) achavam que não queriam.

Consigo visualizá-lo exercitando esse hobby e, pouco a pouco, desenvolvendo um gosto mórbido pela violência – violência para a qual carecia de força física, motivo esse de ridicularização.

Esse hobby vai se fortalecendo até se tornar uma paixão, uma necessidade! Era como uma droga, Hastings – uma droga tão viciante quanto o ópio ou a cocaína.

Norton, o sujeito amável e atencioso, era um sádico latente, viciado em dor e tortura mental. Havia uma epidemia disso nos últimos anos – L'appétit vient en mangeant.

Nutria dois desejos: o desejo de sadismo e o desejo de poder. Norton, quem diria, tinha a chave da vida e da morte nas mãos.

Como qualquer outro viciado, não vivia sem droga. Não tenho dúvidas de que os casos não se limitaram aos cinco que acompanhei. Em cada um desses casos, ele desempenhou o mesmo papel. Conhecia Etherington; passou um verão no vilarejo em que Riggs morava, indo beber com ele no pub local; conheceu Freda Clay num cruzeiro e convenceu-a de que a morte de sua tia velha seria um alívio para as duas, além de lhe trazer liberdade financeira; era amigo dos Litchfield, e incutiu em Margareth a ideia de que seria uma heroína se salvasse as irmãs daquela vida de aprisionamento. Mas não acredito, Hastings, que essas pessoas fossem capazes de fazer o que fizeram sem a influência de Norton.

E, então, chegamos aos acontecimentos de Styles. Eu andava atrás de Norton há algum tempo. Quando travou relação com os Franklin, pressenti perigo. É importante ressaltar que até Norton precisava de um núcleo onde atuar. A terra só floresce se já houver uma semente plantada. Em Otelo, por exemplo, sempre acreditei que já havia nele a convicção (possivelmente correta) de que o amor de Desdêmona era a paixão de uma jovem por um guerreiro famoso, e não o amor maduro de uma mulher por um homem. Ele deve ter percebido que Cássio era seu verdadeiro par, e que, com o tempo, ela também perceberia isso.

Os Franklin ofereciam um cenário perfeito para Norton, cheio de possibilidades! Sem dúvida, a esta altura você já sabe que Franklin estava apaixonado por Judith e que Judith estava apaixonada por ele (era visível). Aquela esquivança, a falta de tato e até a grosseria eram sinais evidentes de que o sujeito estava louco por ela. Mas Franklin é um homem de caráter forte e retidão de princípios. Parece frio, mas tem padrões de conduta muito bem estabelecidos. Um homem deve se manter fiel à mulher que escolheu.

Judith, que até você deve ter visto, estava perdidamente apaixonada por ele. Ela achou que você tinha descoberto o fato no dia em que a encontrou no roseiral. Por isso ficou tão furiosa. Personalidades como a dela não suportam demonstrações de pena ou solidariedade. Era como tocar numa chaga aberta.

Mas então ela percebeu que você estava focado em Allerton, e deixou que você pensasse assim, porque isso a pouparia da chateação e do incômodo de ficar remexendo naquela ferida. Flertava com Allerton por consolo e desespero. Sabia exatamente o tipo de homem que era. Ele a divertia e distraía, mas ela nunca sentiu nada por ele.

Norton, experiente, viu uma oportunidade no trio Franklin. Começou com o dr. Franklin, mas deu com os burros n'água. Franklin não era do tipo que se deixava levar pelas sugestões de Norton. É um sujeito bastante objetivo e consciente de seus sentimentos, mostrando-se imune à pressão externa. Além disso, sua grande paixão na vida é o trabalho, e seu envolvimento quase completo com a profissão o torna muito menos vulnerável.

Com Judith, Norton teve mais sucesso, manipulando habilmente o assunto das vidas inúteis. Ela acreditava piamente no que dizia, e o fato de que suas palavras revelavam desejos secretos era ignorado por ela, mas não por Norton, que se aproveitou muito bem da situação. Manifestou uma opinião contrária, rindo da coragem que Judith afirmava ter. "É o tipo de coisa que todo jovem diz, mas nunca faz!" Uma velha tática barata, mas como funciona, Hastings! Essa meninada é tão vulnerável! Morde a isca facilmente, sem nem perceber!

Sem a inútil Barbara atrapalhando a vida deles, o caminho estaria livre para Franklin e Judith. Isso nunca foi dito. A questão pessoal não vinha ao caso. Porque se Judith reconhecesse que sim, teria reagido agressivamente. Mas para um viciado em violência como Norton, uma desgraça não é suficiente. Ele enxerga oportunidades de prazer em toda parte. Enxergou uma nos Luttrell.

Veja se você se lembra, Hastings, da primeira noite em que jogou bridge. Norton fez comentários em voz tão alta que você temeu que o coronel Luttrell ouvisse. Claro! Era para ele ouvir mesmo! Norton jamais perdia uma oportunidade de colocar lenha na fogueira. E finalmente seus esforços culminaram em sucesso. Aconteceu bem debaixo de seu nariz, Hastings, e você nunca entendeu como aquilo ocorreu. A armadilha já estava armada: a crescente sensação de humilhação, de vergonha perante os outros, aumentando o ressentimento contra a esposa.

Lembremo-nos exatamente como foi. Norton diz que está com sede. (Ele sabia que a sra. Luttrell estava em casa e interviria?) O coronel reage imediatamente como o anfitrião generoso que ele é e oferece bebida "por conta da casa". Ele entra e encontra a esposa, enquanto vocês estão sentados do lado de fora. Há uma discussão, que ele sabe que está sendo ouvida. Ele volta. O constrangimento poderia ter sido atenuado por Boyd Carrington, que tinha suficiente conhecimento geral e tato para lidar com aquele tipo de situação, apesar de ser um dos sujeitos mais pedantes que já conheci! O tipo de pessoa que você admira! Você mesmo poderia ter se saído bem. Mas Norton começa a tagarelar, sem educação, piorando as coisas. Fala de bridge (mais humilhações trazidas à tona) e de acidentes de tiro, como quem não quer nada. E caindo como um patinho, exatamente como Norton previra, aquele idiota do Boyd Carrington começa a contar a história de um irlandês que matou o próprio irmão – uma história, Hastings, que Norton havia lhe contado, sabendo que aquele néscio a traria à baila no momento mais oportuno, como se fosse uma história própria. Como vê, Hastings, a sugestão suprema não virá de Norton. Mon Dieu, non.

Tudo armado. O efeito cumulativo. O ponto de ruptura. Afrontado como anfitrião, humilhado na frente dos amigos, convencido de que eles o julgavam fraco por submeter-se àquela ridicularização... e, por fim, as palavras de salvação. A espingarda, acidentes, um homem que atirou no irmão... De repente, a lembrança da mulher... "Tudo muito seguro... um acidente... Vou mostrar para eles... Vou mostrar para ela... aquela maldita! Queria que ela estivesse morta!"

Ele não a matou, Hastings. Acredito que falhou porque quis falhar. E depois, desfez-se o feitiço. Afinal, ela era sua esposa, a mulher que ele amava acima de tudo.

Um dos crimes de Norton que não se consumou.

Ah, mas em sua próxima tentativa... Você consegue perceber, Hastings, que você foi a próxima vítima? Procure se lembrar de tudo. Você, meu honesto e amável Hastings! Norton foi capaz de detectar cada ponto fraco seu, identificando todos os seus escrúpulos e princípios.

Allerton é o tipo de homem que você naturalmente detesta e teme. O tipo de homem que você acha que deveria ser abolido. E tudo o que você pensou e ouviu sobre ele era verdade. Norton lhe conta uma certa história a seu respeito, uma história absolutamente verdadeira do ponto de vista dos fatos (embora a moça envolvida no caso fosse uma pobre coitada neurótica).

A história mexe com seu modo de pensar convencional e antiquado. Esse sujeito é o vilão, o malvado sedutor que arruína a vida das meninas, conduzindo-as ao suicídio! Norton induz Boyd Carrington a abordá-lo também. Você é impelido a "conversar com Judith". Judith, como era de se esperar, responde dizendo que fará o que bem entender de sua vida. Você acredita no pior.

Veja os diferentes pontos que Norton aproveita. Seu amor de pai. O senso de responsabilidade que um homem como você sente pelos filhos. A ligeira presunção de sua natureza: "Preciso fazer alguma coisa. Tudo depende de mim". Seu sentimento de impotência perante a ausência da mulher. Sua lealdade: não posso decepcioná-la. E, no lado mais básico, sua vaidade, uma vez que a parceria comigo lhe ensinou todos os macetes da profissão! Por fim, como se não bastasse, aquele sentimento que a maioria dos homens tem em relação à filha: o ciúme descabido e aversão pelo sujeito que a afasta deles. Norton tocou magistralmente em todos esses pontos. E você caiu direitinho.

Você aceita tudo sem maior análise. Sempre foi assim. Você nem questionou se era realmente Judith que conversava com Allerton na casa de verão, mesmo sem vê-la. Você nem ouviu sua voz e já deduziu que era ela. No dia seguinte, sentiu-se aliviado porque ela "tinha mudado de ideia".

Mas se tivesse se dado ao trabalho de examinar os fatos, teria descoberto que Judith jamais foi convidada para ir a Londres! E você também falhou ao deixar escapar outro detalhe importante: havia uma pessoa que sairia de folga naquele dia e estava furiosa porque não podia. A enfermeira Craven. Allerton não é homem de uma mulher só! Seu caso com a enfermeira Craven estava muito mais avançado do que o mero flerte que tinha com sua filha.

Tudo armado novamente, por Norton.

Você viu Allerton e Judith se beijando. Norton tenta contê-lo. Evidentemente, ele sabe que Allerton vai se encontrar com a enfermeira Craven na casa de verão. Depois de uma pequena discussão, ele permite que você vá atrás de "Judith", mas o acompanha. A frase que você ouve da boca de Allerton é perfeita para a ocasião, e Norton habilmente o afasta dali antes de você descobrir que sua interlocutora não era Judith!

Sim, o virtuoso Norton! E sua reação é imediata: você decide matar.

Felizmente, Hastings, você tinha um amigo cujo cérebro ainda funcionava. E não só o cérebro!

Eu disse no início deste relato que se você ainda não descobriu a verdade é porque tem uma natureza demasiado crédula. Você acredita no que lhe dizem. Você acreditou no que eu lhe disse...

Sim, foi muito fácil descobrir a verdade. Mandei George embora. Por quê? Substituí-o por um sujeito muito menos inteligente e sem experiência. Por quê? Eu não estava sendo atendido por um médico, eu que sempre fui tão cuidadoso com a minha saúde, não queria nem saber de consultar um especialista. Por quê?

Você entende agora por que precisava de você em Styles? Precisava de alguém que aceitasse o que eu dissesse sem questionamentos. Você acreditou que eu tinha voltado do Egito muito pior do que eu fui. Não era verdade. Voltei muito melhor! Você poderia ter descoberto se tivesse se dado ao trabalho de desconfiar. Mas não. Você acreditou. Dispensei George porque não teria como fazer com que ele acreditasse que, de uma hora para a outra, eu havia perdido toda a força nas pernas. George é extremamente inteligente e observador. Ele saberia que eu estava fingindo.

Compreende, Hastings? Durante todo o tempo que fingi estar incapacitado, enganando Curtiss, estava perfeitamente bem. Conseguia andar... mancando.

Naquela noite, ouvi-o chegar, hesitar e entrar no quarto de Allerton. Fiquei imediatamente alerta. Sabia perfeitamente o que se passava na sua cabeça.

Não perdi tempo. Estava sozinho. Curtiss havia descido para jantar. Saí do quarto e, já no corredor, ouvi-o no banheiro de Allerton. Em seguida, meu amigo, da maneira que você tanto deplora, ajoelhei--me e fiquei espiando pela fechadura da porta do banheiro, que, felizmente, não se trancava com chave, mas com um ferrolho.

Vi-o mexendo nas pílulas para dormir e compreendi na hora os seus planos.

Por isso, meu amigo, agi. Voltei para o meu quarto e preparei tudo. Quando Curtiss subiu, pedi-lhe que fosse chamá-lo. Você veio, bocejando e explicando que teve dor de cabeça. Fiz toda uma cena, oferecendo-lhe remédio e um chocolate quente, que você aceitou, para não discutir. Mas eu também tenho pílulas para dormir, meu amigo.

E, então, você dormiu. Dormiu até a manhã seguinte e quando acordou, já mais consciente, ficou horrorizado com o que estivera prestes a fazer.

Você estava salvo agora. Ninguém tenta uma coisa dessas duas vezes – não uma pessoa em sã consciência.

Mas isso me ajudou a chegar a uma conclusão, Hastings. Porque o que eu não podia não saber sobre outras pessoas não se aplicava a você. Você não é um assassino, Hastings! Mas você poderia ter sido enforcado por assassinato – um assassinato cometido por outro homem, que, na visão da lei, seria considerado inocente.

Você, meu querido, honesto e tão honrado Hastings! Tão puro e tão ingênuo!

Sim, eu precisava agir. Sabia que meu tempo era curto, e estava feliz com isso. Porque a pior parte de um assassinato, Hastings, é o efeito sobre o assassino. Eu, Hercule Poirot, poderia chegar a acreditar que tinha a missão divina de condenar todo mundo à morte... Mas felizmente não haveria tempo para isso. O fim se aproximava. E eu temia que Norton tivesse sucesso com uma pessoa de valor inestimável para nós dois. Estou falando de sua filha...

Aqui chegamos à morte de Barbara Franklin. Sejam quais forem suas ideias sobre o assunto, Hastings, não creio que você tenha suspeitado da verdade.

Porque, Hastings, você mesmo matou Barbara Franklin.

Mais oui, *matou!*

O triângulo tinha um terceiro vértice que eu não havia considerado. As táticas de Norton nesse caso eram novas para nós. Mas não tenho dúvida de que ele as empregou...

Você alguma vez já parou para pensar por que a sra. Franklin veio para Styles? O lugar não tem nada a ver com ela. Ela gosta de conforto, boa comida e, acima de tudo, vida social. Styles não é um lugar alegre, não é bem administrado, está numa região morta, e, no entanto, foi a sra. Franklin que insistiu em passar o verão lá.

Sim, havia um terceiro vértice. Boyd Carrington. A sra. Franklin era uma mulher decepcionada, e essa decepção era a raiz de toda a sua neurose. Ambiciosa, tanto em termos financeiros quanto sociais, casou-se com Franklin, esperando que ele tivesse uma carreira brilhante.

Ele era brilhante, mas não como ela esperava. Sua genialidade nunca lhe trouxe fama. Ele era conhecido por uma meia dúzia de pessoas de sua própria área e publicava artigos em edições de pouca circulação. O mundo jamais saberia dele, e, evidentemente, ele jamais teria muito dinheiro.

Aqui entra em cena Boyd Carrington, recém-nomeado baronete, dono de uma considerável fortuna. E Boyd Carrington sempre demonstrara afeto em relação à menina de dezessete anos que ele quase pediu em casamento. Ele vai para Styles e sugere que os Franklin venham também. Barbara vai junto.

Como deve ter sido conflitante para ela! Evidentemente, ela não havia perdido o antigo encanto por aquele homem rico e atraente, mas o sujeito é antiquado, e jamais sugeriria que ela se divorciasse. John Franklin também não tinha nenhum interesse no divórcio. Se John Franklin morresse, porém, ela poderia ser a lady Carrington, e que vida maravilhosa seria!

Uma oportunidade perfeita para Norton.

Tudo muito óbvio, Hastings, se pensarmos bem. Aquelas primeiras tentativas de demonstrar seu amor pelo marido. Exagerou um pouco quando disse que pensava em "acabar com tudo", por ser um fardo para ele.

Depois, lançou mão de uma estratégia totalmente diferente. Mostrou-se receosa com o perigo que Franklin corria se experimentasse a fava-de-calabar.

Elementar, meu caro Hastings! Ela nos preparava para a morte de John Franklin por autoenvenenamento com fisostigmina. Não haveria suspeitos. Ossos do ofício. Ele toma um alcaloide aparentemente inócuo, e acaba morrendo. Que fatalidade!

O único problema é que foi tudo um pouco rápido demais. Você me disse que ela não tinha gostado de saber que a enfermeira Craven leu a sorte de Boyd Carrington. A enfermeira Craven era uma jovem atraente, de olho nos homens. Havia tentado com o dr. Franklin, sem sucesso. (Por isso não gostava de Judith). Começa a andar com Allerton, mas sabe que ele não quer compromisso. Inevitavelmente, passa a considerar o rico e ainda atraente sir William, que está pronto para ser fisgado. Ele já havia reparado na enfermeira Craven.

Barbara Franklin pressente o perigo e decide agir rapidamente. Quanto antes pudesse se transformar na viúva desesperada e inconsolável, melhor.

Assim, depois de uma manhã de tensão, ela prepara a cena.

Sabe, mon ami, tenho um certo respeito pela fava-de-calabar. Dessa vez funcionou. Poupou o inocente e incriminou o culpado.

A sra. Franklin convida todo mundo para tomar um café em seu quarto. Como você mesmo me disse, o café dela está a seu lado e o café do marido, do outro lado da mesa.

Nesse momento, surgem as estrelas cadentes, e todos saem para a varanda. Você, meu amigo, fica no quarto, entretido com suas palavras cruzadas e suas lembranças. Para esconder suas emoções, você gira a mesa e encontra um livro de Shakespeare, no qual lê uma frase.

O pessoal volta, e a sra. Franklin toma o café com os alcaloides que estavam destinados a seu querido marido cientista, enquanto John Franklin toma o conteúdo inofensivo da xícara de sua esposa.

Você compreenderá, Hastings, se pensar um minuto, que mesmo sabendo o que havia acontecido, eu não tinha provas. E se a morte da sra. Franklin não fosse considerada suicídio, as suspeitas recairiam sobre Franklin ou Judith, duas pessoas totalmente inocentes. Por isso, fiz o que me cabia fazer. Foi a única solução que encontrei. Testemunhei ter ouvido a sra. Franklin falando em acabar com a própria vida.

Eu tinha esse direito. Provavelmente era o único ali. Porque meu depoimento contava muito. Sou um homem experiente nessa área. Se digo que é suicídio, o caso é considerado suicídio.

Isso o intrigou. Vi que você ficou perturbado. Felizmente, você não suspeitou do verdadeiro perigo.

Mais tarde, sim, seria possível que você fosse assaltado pela dúvida, essa serpente negra que nos atormenta. "Será que Judith...?"

Foi por isso que decidi lhe escrever. Você precisa saber a verdade.

Só uma pessoa não aceitou o veredito de suicídio: Norton. Como lhe disse, ele era um sádico. Faltou-lhe toda a gama de emoções, suspeitas, medo, investigações. Foi privado de tudo isso. O assassinato que planejara deu errado.

Mas logo ele viu uma forma de se redimir, por assim dizer. Começou a dar indiretas. Antes, fingira ter visto algo com o binóculo. Na verdade, queria que pensássemos que ele tinha visto Allerton e Judith numa situação comprometedora. Mas como não chegou a afirmar nada nesse sentido, podia usar o incidente de outra maneira.

Suponha, por exemplo, que ele diga que viu Franklin e Judith. Isso poderá criar dúvidas em relação ao veredito de suicídio...

Portanto, mon ami, *cheguei à conclusão de que o que precisava ser feito tinha que ser feito logo. Pedi-lhe que o trouxesse ao meu quarto aquela noite...*

Vou lhe contar exatamente o que aconteceu. Sem dúvida, Norton desejaria me contar sua versão da história. Não lhe dei tempo. Disse-lhe, diretamente, tudo o que sabia sobre ele.

Ele não negou. Não, mon ami. *Recostou-se na cadeira e sorriu fatuamente.* Mais oui, *esse é o termo exato. Perguntou-me o que pretendia fazer com aquela ideia divertida. Respondi-lhe que pretendia executá-lo.*

"Ah, entendo", disse ele. "Com um punhal ou um cálice de veneno?"

Íamos tomar um xícara de chocolate quente naquele momento. Eu sabia que ele gostava de doce.

"O mais simples", falei, "seria o cálice de veneno".

E entreguei-lhe a xícara de chocolate quente que eu acabara de servir.

"Nesse caso", propôs, "importa-se de eu beber da sua xícara?"

Respondi: "Claro que não". Na verdade, dava no mesmo. Como lhe disse, eu também tomo pílulas para dormir. A única diferença é que, como já as tomo há um bom tempo, adquiri certa resistência, e a dose que faria o sr. Norton apagar teria muito pouco efeito em mim. Coloquei o medicamento no chocolate. Pouco depois, Norton adormeceu. Eu permaneci desperto, sobretudo pela interação das pílulas com meu tônico de estricnina.

E assim chegamos ao último capítulo dessa história. Quando Norton adormeceu, coloquei-o na minha cadeira de rodas – uma tarefa relativamente fácil, pois a cadeira dispõe de todo tipo de mecanismos – e levei-o de volta a seu lugar habitual, junto à janela, por trás das cortinas.

Curtiss apareceu em seguida e "me colocou na cama". Quando tudo estava em silêncio, levei Norton para seu quarto, empurrando-o na cadeira de rodas. Restava-me tirar partido dos olhos e ouvidos do meu excelente amigo Hastings.

Talvez você não tenha percebido, Hastings, mas eu uso peruca. O que não deve nem imaginar é que meu bigode também é falso. (Nem George sabe disso!). Fingi queimá-lo pouco depois da chegada de Curtiss, e encomendei imediatamente a meu cabelereiro uma réplica autêntica.

Vesti o roupão de Norton, ericei as pontas do meu cabelo grisalho, fui para o corredor e bati de leve na porta do seu quarto. Você apareceu, sonolento, e olhou para o corredor. Viu Norton saindo do banheiro e ir para o quarto, mancando. A seguir, ouviu o som da porta sendo trancada pelo lado de dentro.

No quarto, vesti o roupão em Norton, deitei-o na cama e dei-lhe um tiro com a pequena pistola que adquiri no exterior e que mantive sempre cuidadosamente guardada, com exceção de duas ocasiões nas quais, aproveitando que não havia ninguém por perto, coloquei a arma na cômoda de Norton, numa posição bem visível.

Então, saí do quarto depois de ter deixado a chave em seu bolso, tranquei a porta pelo lado de fora com a cópia da chave que eu tinha há algum tempo e levei a cadeira de rodas de volta para o meu quarto.

Desde então, escrevo-lhe estas explicações.

Estou muito cansado. Os esforços que fiz nos últimos dias me deixaram esgotado. Acho que falta pouco para...

Há uma ou duas coisas que eu gostaria de aclarar.

Os crimes de Norton foram perfeitos.

O meu não. E não era para ser.

A melhor maneira teria sido matá-lo à vista de todos. Um pequeno acidente com minha pistola, digamos assim. Eu daria mostras de profundo pesar e arrependimento. Que fatalidade! Todos teriam comentado: "O velho gagá não percebeu que a arma estava carregada – ce pauvre vieux".

Recusei-me a fazê-lo.

Vou lhe explicar por quê.

Porque decidi ser generoso, Hastings.

Mais oui, *generoso! Estou fazendo tudo o que você me censurou de não fazer. Estou sendo honesto. Dando-lhe uma oportunidade. Você tem tudo o que precisa para descobrir a verdade.*

No caso de não acreditar em mim, vou enumerar todas as pistas.

As chaves.

Você sabe, porque eu lhe disse, que Norton chegou aqui depois de mim. Você sabe, porque alguém lhe disse, que mudei de quarto logo após minha chegada. Você sabe, porque alguém lhe disse, que a chave do meu quarto desapareceu e que eu mandei fazer outra.

Portanto, quando você se pergunta quem poderia ter matado Norton? Quem poderia ter dado um tiro nele e saído do quarto deixando a porta (aparentemente) trancada por dentro, se a chave estava no bolso de seu roupão?

A resposta é "Hercule Poirot", que desde que chegou aqui tem a cópia das chaves de um dos quartos.

O homem que você viu no corredor.

Eu lhe perguntei se você tinha certeza de que era Norton. Você ficou pasmo, e me perguntou se eu estava insinuando que não era Norton. Respondi que não estava insinuando nada. (Naturalmente, porque tivera muito trabalho em sugerir que era Norton). Aí, apresentei a questão da altura, dizendo que todos os homens presentes eram muito mais altos do que Norton. Mas havia um homem mais baixo do que ele: Hercule Poirot. Nada que um salto no sapato não resolvesse.

Você estava com a impressão de que eu era um inválido inútil. Mas por quê? Só porque eu disse isso. E havia dispensado George. Essa foi minha última orientação: "Fale com meu criado George".

Otelo e Clutie John mostram que X era Norton.

Quem matou Norton, então?

Só podia ser Hercule Poirot.

E quando você suspeitasse disso, tudo se encaixaria, tudo o que eu tinha feito e falado, minha inexplicável reticência. A confirmação dos médicos do Egito, e do meu próprio médico em Londres, de que eu não estava impossibilitado de andar. A confirmação de George de que eu usava peruca. O fato que não consegui disfarçar, que você deveria ter notado: eu manco muito mais do que Norton.

E, por fim, o tiro. Minha única fraqueza. Sei que deveria ter atirado na têmpora. Mas sou obcecado com simetria. Dei-lhe um tiro bem no meio da testa...

Ah, Hastings, isso deveria ter sido suficiente para você descobrir a verdade.

Mas talvez você tenha suspeitado da verdade. Talvez, ao ler estas palavras, você já saiba de tudo.

De qualquer maneira, acho pouco provável...

Você é tão ingênuo...

Tão puro...

O que mais posso lhe dizer? Acho que você descobrirá que tanto Franklin quanto Judith sabiam da verdade, embora não lhe contem. Eles serão felizes juntos, mesmo pobres, cercado de insetos tropicais e acometidos por febres. Mas o que sabemos a respeito da vida perfeita?

E você, meu pobre e solitário Hastings! Ah, meu coração sangra por você, meu querido amigo. Você poderia, pela última vez, ouvir o conselho de seu velho amigo Poirot?

Depois de ter lido esta carta, pegue um trem, um carro ou um ônibus e vá procurar Elizabeth Cole, que também é Elizabeth Litchfield. Mostre este manuscrito para ela ou conte-lhe o que leu. Diga-lhe que você também poderia ter feito o que sua irmã Margaret fez – só que Margaret Litchfield não tinha um Poirot zelando por ela. Livre-a do pesadelo que a persegue, prove-lhe que o pai não foi morto pela filha, mas por aquele simpático amigo da família, o "honesto Iago", Stephen Norton.

Porque não é certo, meu amigo, que uma mulher como ela, tão jovem, tão atraente, se recuse a viver por acreditar que ficou marcada. Não, não é certo. Diga-lhe isso, meu amigo, você, que ainda é capaz de atrair uma mulher...

Eh bien, *não tenho mais nada a dizer. Não sei, Hastings, se o que eu fiz se justifica ou não. Não sei mesmo. Não acho que devemos fazer justiça com as próprias mãos...*

Mas por outro lado, eu sou a justiça! Quando era jovem e estava na polícia belga, tive de matar um criminoso desesperado que atirava nas pessoas de cima de um telhado. Num estado de emergência, o que vale é a lei marcial.

Ao tirar a vida de Norton, salvei outras vidas – vidas inocentes. Mesmo assim, não sei. E talvez esteja certo que não saiba. Sempre fui tão seguro de mim. Seguro até demais.

Mas agora, com muita humildade, admito, como uma criancinha: "Não sei".

Adeus, cher ami. *Afastei as ampolas de nitrato amílico da cama. Prefiro entregar-me nas mãos do* bon Dieu. *Que seu castigo ou perdão seja rápido!*

Jamais caçaremos juntos novamente, meu amigo. Aqui foi nossa primeira caça. E a última.

Bons tempos.

Sim, bons tempos...

(Fim do manuscrito de Hercule Poirot.)

Nota final do capitão Arthur Hastings: Acabei de ler. Ainda não consigo acreditar. Mas ele está certo. Eu deveria ter percebido. Deveria ter descoberto quando vi o orifício da bala tão simetricamente localizado no meio da testa.

Curioso o pensamento que me veio à cabeça esta manhã.

A marca na testa de Norton parecia a marca de Caim.

Livros de Agatha Christie publicados pela L&PM EDITORES

O homem do terno marrom
O segredo de Chimneys
O mistério dos sete relógios
O misterioso sr. Quin
O mistério Sittaford
O cão da morte
Por que não pediram a Evans?
O detetive Parker Pyne
É fácil matar
Hora Zero
E no final a morte
Um brinde de cianureto
Testemunha de acusação e outras histórias
A Casa Torta
Aventura em Bagdá
Um destino ignorado
A teia da aranha (com Charles Osborne)
Punição para a inocência
O Cavalo Amarelo
Noite sem fim
Passageiro para Frankfurt
A mina de ouro e outras histórias

MEMÓRIAS
Autobiografia

MISTÉRIOS DE HERCULE POIROT
Os Quatro Grandes
O mistério do Trem Azul
A Casa do Penhasco
Treze à mesa
Assassinato no Expresso Oriente
Tragédia em três atos
Morte nas nuvens
Os crimes ABC
Morte na Mesopotâmia
Cartas na mesa
Assassinato no beco
Poirot perde uma cliente
Morte no Nilo
Encontro com a morte
O Natal de Poirot
Cipreste triste
Uma dose mortal
Morte na praia
A Mansão Hollow
Os trabalhos de Hércules
Seguindo a correnteza
A morte da sra. McGinty
Depois do funeral
Morte na rua Hickory
A extravagância do morto
Um gato entre os pombos
A aventura do pudim de Natal
A terceira moça
A noite das bruxas
Os elefantes não esquecem
Os primeiros casos de Poirot
Cai o pano: o último caso de Poirot
Poirot e o mistério da arca espanhola e outras histórias
Poirot sempre espera e outras histórias

MISTÉRIOS DE MISS MARPLE
Assassinato na casa do pastor
Os treze problemas

Um corpo na biblioteca
A mão misteriosa
Convite para um homicídio
Um passe de mágica
Um punhado de centeio
Testemunha ocular do crime
A maldição do espelho
Mistério no Caribe
O caso do Hotel Bertram
Nêmesis
Um crime adormecido
Os últimos casos de Miss Marple

MISTÉRIOS DE TOMMY & TUPPENCE

O adversário secreto
Sócios no crime
M ou N?
Um pressentimento funesto
Portal do destino

ROMANCES DE MARY WESTMACOTT

Entre dois amores
Retrato inacabado
Ausência na primavera
O conflito
Filha é filha
O fardo

TEATRO

Akhenaton
Testemunha de acusação e outras peças
E não sobrou nenhum e outras peças

ANTOLOGIAS DE ROMANCES E CONTOS

Mistérios dos anos 20
Mistérios dos anos 30
Mistérios dos anos 40
Mistérios dos anos 50
Mistérios dos anos 60
Miss Marple: todos os romances v. 1
Poirot: Os crimes perfeitos
Poirot: Quatro casos clássicos

GRAPHIC NOVEL

O adversário secreto
Assassinato no Expresso Oriente
Um corpo na biblioteca
Morte no Nilo

Agatha Christie®

SOB O PSEUDÔNIMO DE MARY WESTMACOTT

L&PM POCKET

Miss Marple

Agatha Christie

© 2016 Agatha Christie Limited. All rights reserved.

L&PM POCKET

Poirot
Agatha Christie
MORTE NO NILO
MORTE NA PRAIA
POST CARD
NOITE DAS BRUXAS
ENCONTRO COM A MORT
ASSASSINATO NO EXPRESSO ORIENTE
A MANSÃO HOLLOW
L&PM POCKET

Tommy & Tuppence

Agatha Christie

© 2015 Agatha Christie Limited. All rights reserved.

L&PM POCKET

Agatha Christie
NOITE SEM FIM
E NÃO SOBROU NENHUM
E OUTRAS PEÇAS

L&PM POCKET

© 2018 Agatha Christie Limited. All rights reserved.

EM TODOS OS FORMATOS

AGORA TAMBÉM EM FORMATO TRADICIONAL (16x23)

L&PM EDITORES

Poirot

Agatha Christie®

L&PM POCKET

lepmeditores

www.lpm.com.br

o site que conta tudo

IMPRESSÃO:

PALLOTTI
GRÁFICA

Santa Maria - RS | Fone: (55) 3220.4500
www.graficapallotti.com.br